KB260857

사랑의 메시지 365

아름다운 세상을 만드는
사랑의 메시지 365

DuMont monte Verlag 엮음

정성호 옮김

가림출판사

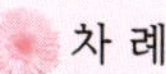 차 례

❖

사랑에 빠지면,
사람들은 상대방과 그런 감정을
함께 하고 싶어하는 경향이 분명히 있다.
그러나 상대방이 이쪽의 사랑 감정을 몰라주면
어떻게 그런 감정을 함께 할 수 있겠는가?
그 해결책은 용기를 모두 긁어모아서
과감하게 사랑을 고백하는 것이다.
그리고 그러한 사랑의 첫 고백은
헤아릴 수 없이 많은 방법을 통해서 할 수 있다.
그러므로 자신에게
가장 잘 맞는 방법을 선택하기 바란다.

1

사랑을 처음으로 고백할 때에는
적절한 말을 찾아내는 것이 중요하다.
상대방이 시를 좋아하지 않는다면,
절대로
시의 형태로 사랑을 고백하려고
노력하거나 시도해서는 안 된다.
어떤 말이 그토록
사랑하는 사람에게 깊은 인상을 줄 것인가를
심사숙고해야 한다.

2

우리들의 인생은 사랑으로 구성되어 있다.
그러므로 더 이상 사랑하지 않는 것은
더 이상 살지 않는 것과 같다.
〈조르주 상드〉

3

사랑을 처음으로 고백할 때에는
우선 자신의 외모에 주의를 기울여야 한다.
그렇다고 캐주얼 복이나 평상복을
입지 말라는 것은 아니다.
그러나 자신의 옷이 단정하고
청결한가를 반드시 확인해야 한다.
즉 상대방에게 좋은 인상을 줄 수 있는
옷인가를 확인해야 한다.

4

첫눈에 홀딱 반한 사랑도 있지만,
첫 터치에서 사랑을 느끼는 경우도 있다.
이것은 첫눈에 반한 사랑보다
더 깊을 수가 있다.
　〈블라디미르 나보코프〉

5

사랑을 고백하기 위해서는 그에 맞는 배경을
찾아보아야 한다. 아직 학교에 다니고 있다면,
버스 안이나 길거리에서 사랑을 고백해도
아무 상관이 없다. 그러나
나이가 좀 들었을 경우에는 가능하다면
특별한 장소를 선택할 필요가 있다.
낭만적인 분위기의 레스토랑이나
해변이나 공원 등이 사랑을 고백하는 데
적절한 배경이 될 것이다.

6

수천 명의 사람들이 의심할 바 없이
당신을 숭배할 것이다.
그러나 당신을 사랑하는 것은
오로지 내 마음만이 할 수 있다.

〈장 자크 루소〉

7

어떤 경우에는 사랑을 고백하기 위한
적당한 장소를 선택할 기회를
갖지 못할 때도 있다.
그러니까 그 타이밍을 놓쳐서
영영 사랑 고백을 하지 못하는 경우이다.
그러나 그런 경우라 하더라도,
상상력이 풍부한 창조적인 사랑 고백에
중점을 두어야 한다.

8

내 마음은 휴식을 취할 틈이 없다.
당신의 사랑이 갈망을 가지고
두근거리게 하기 때문이다.
오로지 당신 안에서만 휴식을 취할 수 있다.
〈니콜라우스 폰 쿠에스〉

9

사랑을 고백하기 위한
최고의 시간대는 저녁이다.
왜냐하면,
사랑을 고백한 이후에 둘만의
시간을 가질 수 있기 때문이다.
물론 오전중에도 사랑을 고백할 수 있다.
그러나 그 이후에 두 사람은 각자 헤어져서
자기만의 길을 가야 한다는 것을 기억하라.
즉 자신은 회사로 가고
상대방은 집으로 가야 한다면,
두 사람 다 매우 불만족스러울 것이다.

10

사랑은 눈으로부터 시작된다.

〈러시아 속담〉

11

사랑하는 사람을 로맨틱한 레스토랑의
저녁식사에 초대하라.
예를 들면, 촛불을 켜 놓은 저녁식사에 초대하라.
은은한 촛불 아래서 상대방의 눈을
깊숙이 들여다본다.
그리고 "사랑해." 하고 간결하게 말한다.
그 이상의 어떤 설명도 필요 없다.

12

물론 집에서 사랑을 고백할 수도 있다.
그러나 가장 적합한 장소는 아닐 것이다.
그곳은 당신 자신의 지배 영역이기 때문에,
만약 상대방이 당신을 사랑하고 있지 않을 경우,
그곳에서 당신의 사랑을 거절하는데
심적인 부담을 느끼게 된다.
따라서 이것만은 피해야 한다.

13

로맨틱한 레스토랑에서는 일반적으로
연주가를 고용하고 있다.
그 연주가에게 부탁하면,
식탁에 와서 사랑의 노래를 연주해 줄 것이다.
아니면, 잠시 동안 나타나서 연주해 주도록
한두 명의 연주가를 미리 고용할 수도 있다.
(이 경우에는 미리 식당 지배인한테
허락을 받아 놓아야 한다)
연주가들은 스티비 원더의
〈아이 저스트 컬드 투 세이 아이 러브 유〉나
그와 비슷한,
사랑의 노래를 연주해 줄 것이다.
음악의 마지막 소절이 연주되고,
마음의 '평화와 안정'을 되찾았을 때,
상대방에게 전하고 싶은 자신의 감정을 이야기하면
금상첨화일 것이다.

14

물론 꽃을 파는 아가씨가
정기적으로 테이블을 찾아 돌아다니는
레스토랑에도 갈 수 있다.
경제적인 사정에 따라서
한 송이의 빨간 장미꽃이나,
아니면 빨간 장미꽃을 몽땅 사 가지고
사랑하는 사람에게 건네주면서,
"이 꽃은 당신에 대한 내 사랑을
대변해 주고 있습니다."
하는 식의 말을 곁들인다.

15

두 사람이 처음 만났던 장소에서
사랑을 고백하는 것도 로맨틱하다.
예를 들면, 철도역 같은 곳은
사랑을 고백하기에 적절한 곳이다.

16

만약 두 사람이 처음 만났던 장소에서
사랑을 고백하게 되면, 사랑하는 사람을 처음
본 순간의 중요성을 강조할 수 있을 것이다.
물론 첫눈에 반한 숙명적인 사랑이라는 것을
강조해야 한다.

17

사랑을 고백할 때 가장 중요한 것은
절대로 땅바닥을 내려다보거나
천장을 쳐다보거나 딴전을 팔아서는
안 된다는 것이다.
사랑하는 사람의 눈을 똑바로 바라보아야 한다.
그리고 가능하다면 상대방의 손을 잡는 것이 좋다.
왜냐하면, 두 사람의
신체적인 유대감을 한층 더 강화시켜 주기 때문이다.

18

✽ 시적인 사랑의 고백 문구들

"당신은 이 세상의 어느 누구보다도 나에게는
가장 소중한 사람입니다."
"당신이 없다면, 내 인생은 무미건조합니다."
"당신과 함께 있을 때에만 태양이 진정으로
찬란하게 빛납니다."

19

사랑을 고백하는 아주 멋진 방법은
사랑하는 사람에게 꼭 껴안고 싶은
귀여운 장난감을 선물하는 것이다.
그 때 다음과 같은 편지를 선물에 곁들인다.
"이 곰(아니면 양이나 상대방이 좋아하는 것이면
무엇이든)이 부럽습니다.
지금부터는 항상 당신과 함께 있게 될 테니까요.
나는 이 녀석과 자리바꿈을 하고 싶습니다.
하지만 당신의 마음은
우리 둘을 함께 받아들일 만큼
크고 넉넉할 것입니다.
당신을 사랑합니다."
이 편지를 상대방이 읽을 때,
당신이 그 자리에 있어야 하는 것은 물론이다.

20

자신의 사랑을 받아들인다는 것을
이미 확신하고 있고, 여행을 좋아한다면,
사랑하는 사람에게
주말 여행을 갈 수 있는 티켓을 선물하라.
그리고 이렇게 덧붙인다.
"내가 당신을 사랑하는 것만큼 나를 사랑한다면,
우리들의 사랑을 자축합시다.
그리고 자축하는 데 이보다
더 좋은 곳이 또 있겠어요?"

21

사랑하는 사람에게,
"당신을 사랑합니다." 하고 말할 수 있는
또 다른 방법은 음악이다.
자신이 특별히 좋아하는 사랑의 노래를 녹음해서
사랑하는 사람에게, "이 음악은 당신이 나에게
어떤 존재인가를 잘 표현해 주고 있습니다."
하는 말과 함께 건네준다.

22

컴퓨터를 갖고 있는가?
적당한 워드 프로세서로 다음과 같은 제목을
가진 가공의 신문을 만든다.
"대사건!
(당신의 이름)이 (당신이 사랑하는 사람의 이름)을
사랑한대!" 이것을 적절한 기회에
자신의 파트너에게 선물한다.

23

(이것은 유머 감각이 있는 사람에게만 해당된다).

우선, 사랑하는 사람의 결점과 약점을 열거한다.

특히 당사자가 인정한 것들을 열거한다.

그 다음에,

상대방의 그런 많은 결점과 약점에도 불구하고,

상대방을 사랑하고 있다는 것을

말로 표현하거나(인용구를 동원하거나),

제스처(예를 들면, 열렬한 키스)로 나타낸다.

24

음악적인 재능을 갖고 있는가?
재능이 있다면,
사랑하는 사람을 위해 사랑의 노래를
작사, 작곡하여 카세트 테이프에 녹음해서
선물로 주면 어떨까?
혹은 그 노래를 CD로 카피해서 줄 수도 있다.

25

자기 자신을 그린 초상화도
훌륭한 사랑의 고백으로 받아들여질 수 있다.
물론 주제가 상황과 일치해야 한다.
예를 들면,
사랑의 여신인 큐피드의 그림을 그릴 수 있다.
사랑하는 사람의 이름이 적혀 있는 화살이
자신에게 명중한 장면을 그리면 효과적이다.

26

사진과 관련된 또 다른 사랑의 고백.
자기 자신의 사진 두 장으로
콜라주 작품을 만든다.
한 장의 사진에서는 매우 슬퍼 보이고,
다른 사진에서는 무척 기뻐 보인다.
첫 번째 사진 위에는,
"이것은 당신이 없을 때
내가 느끼는 기분"이라고 쓰고,
두 번째 사진 위에는,
"이것은 당신이 내 곁에 있을 때
느끼는 기분"이라고 쓴다.
이 사랑의 고백을 좋아하는 사람에게 선물한다.

27

사랑하는 사람의 결점을 미덕이라고
생각하지 않는 사람은
사랑하고 있는 것이 아니다.
〈요한 볼트강 폰 괴테〉

28

사랑을 고백하는 것을 결코 두려워하지 말라.
웃음거리가 되는 것을 두려워할 필요는 없다.
설사 다른 사람이 퇴짜를 놓는다 하더라도
(물론 그런 일이 일어나지 않으면 더 좋겠지만),
상대방이 우쭐해하고 기분 좋아했으면 했지,
여러분을 결코 웃음거리로 생각하지
않는다는 것을 알아야 한다.

29

스파게티를 만들어서 토마토 케첩으로,
"당신을 사랑합니다."라고 쓸 수도 있다.
그러나 다른 소스도 준비해야 한다.
왜냐하면, 파스타와 케첩의 콤비는
모든 사람이 다 좋아하지는 않기 때문이다.

30

한마디 말도 없이 자신의 사랑을 고백할 수 있다.
다정한 터치, 애정이 담겨 있는 키스,
상대방에게 깊은 의미를 주는 행동 등.
그러나 이 제스처는 상황에 적합한 것이어야
상대방이 당신의 의도를 깨달을 수 있다.

31

하나의 암시로,
자신이 사랑하는 사람에게
『로미오와 줄리엣』 같은 연애 소설을
선물할 수 있다.
그 책 속에 한편으로는
자신의 감정을 넌지시 암시하고,
다른 한편으로는
그 소설과 연관이 있는 헌정의 말을 쓴다.
그 책이 『로미오와 줄리엣』이라면,
헌정의 말은,
"이 러브스토리는 비극으로 끝나지만,
이런 일이 우리 두 사람에게는
일어나지 않을 것이라고 확신합니다."라고
하면 좋을 것이다.

32

보다 젊은 사람들은 예를 들면,
〈타이타닉〉 같은 러브스토리가 담긴
비디오를 서로에게 선물할 수 있다.
또한 사랑하는 사람과 함께
그 영화를 구경하는 것도 좋다.
그러면 아마 말을 나누지 않고도 한층 더
가까워지는 것을 느끼게 될 것이다.

33

연극하기를 좋아하는 사람은 연극 속에서
사랑의 고백을 하도록 하라.
적절한 의상을 차려 입고, 사랑의 대상을 향해
사랑 고백의 대사를 낭송하는 것이다.
물론 그것에 걸맞는 연극적인 제스처를 곁들이면
금상첨화다!

34

물론 영화관 역시 자신의 사랑을
상대방에게 나타내 보일 수 있는
적합한 장소이다.
함께 가서 로맨틱한 영화를 관람하라.
그리고 사랑하는 장면이 나오는 동안
상대방의 손을 부드럽게 잡아 보기 바란다.
반응이 긍정적이면,
첫 키스까지도 기대할 수 있을 것이다.

35

태양이 바다 위에서 반사할 때
나는 당신을 생각한다.
달빛이 샘물 속에서 반짝거릴 때
나는 당신을 생각한다.
〈요한 볼트강 폰 괴테〉

36

파티를 열어라. 최소한 한 곡은 아주
느린 노래가 연주되도록 미리 준비해 둔다.
그리고 사랑하는 사람에게 춤을 추자고 신청하고
신중하게 상대방에게 몸을 접근시켜 나간다.
만일 반응이 적극적이라면,
춤을 추는 동안 상대방의 귀에 대고
자신의 감정을 속삭이는 말로
고백할 수 있을 것이다.

37

✳ 매우 대담한 사랑 고백

사랑하는 사람에게
자기의 에로틱한 사진을 선물로 주면서 말한다.
"당신이 좋아한다면, 이 사진에서 지금 보고 있는
것은 모두 당신 것이 될 수 있어요."

38

약간 이색적인 사랑의 고백 방법을 소개한다.
즉 사랑하는 사람이 살고 있는
거리 부근의 광고판을 빌려서 사랑의 메시지를
게시해 놓는다. 그러나 한마디 충고를 하자면,
미리 자신의 꿈의 동반자가 그런
공개적인 사랑 고백을 좋아하는 지 어떤 지를
반드시 확인해 두기 바란다.

39

신문의 광고란을 통해서
자신의 꿈의 동반자에게 사랑 고백을 하라.
그 광고는 반드시 가족 소식란에 실려야 하며,
자신의 감정을 솔직히 털어 놓아야 한다.
만약 사랑하는 사람의 진짜 이름이
공개되기를 원치 않는다면,
그쪽의 별명을 사용해도 좋다.

40

돈이 많지 않은 젊은 사람은
저렴한 가격으로 내주는 광고란(대개 모든 신문들은
매주 한 차례씩 싼 가격의 광고란을 제공해 주고 있다)을
이용할 수 있다.
그 광고란은 대개 '가족 소식'이나
'축하 광고'로 구성되어 있지만,
사랑 고백도 게재할 수 있다.
그러나 자신의 파트너가 실제로 그 광고란을
읽고 있는 가부터 확인해 보아야 한다.

41

비록 무릎이 후들후들 떨린다 하더라도,
술을 마시고 용기를 내서 사랑을 고백하지는 말라.
알코올 냄새를 풍기면서 사랑을 고백하는 것은
결코 사려 깊은 행동이 아니다.
그것은 거절의 가능성을 더욱 높여줄 뿐이다.

42

유명한 시구를 사용하여 자신의 사랑을 고백한다.
자신의 꿈의 파트너에게
그 사랑의 시를 써 보내거나,
아니면 직접 낭송해 들려주어도 좋다.
유명한 사람의 말은 우리 자신의 말보다
훨씬 호소력이 강한 경우가 종종 있다.
그렇다면 어찌 그것을 이용하지 않겠는가?

43

이상적인 파트너에게 직접적으로 자신의 감정을
말하기가 너무 두려울 때에는
사랑의 고백을 SMS를 통해서 하는 것이 좋다.
그러면 아마 그와 비슷한 메시지를 SMS를 통해서
곧 다시 받을 수 있을 것이다.

44

영화관에서는 종종 영화를 상영하기 전에
그 지방의 광고물을 스크린에 비추곤 한다.
짧은 스폿 광고 시간을 사 가지고
("나는 당신을 사랑합니다. 당신의……" 하는
말만 써넣으면 된다),
자신의 이상적인 파트너를 영화관으로
초대하여 반응을 기다려라.

45

*** 남성을 위한 충고**

반지나 매혹적인 목걸이 같은 작은 보석을 사서
자신의 꿈의 여인에게 선물하라.
보석은 종종 여인에게,
당신이 어떤 감정을 지니고 있는가를
웅변적으로 전달해 주기 때문이다.

46

고지식한 남자에게는 예를 들면,
한 마리의 토끼가 다른 토끼를 얼마나 재미있게
사랑하는가를 묘사한 그림이나 설명문이 있는
아동용 그림책을 선물하라.
필요하다면 짤막한 선물의 글을 덧붙이면,
당신의 사랑하는 감정이 잘 전달될 것이다.

47

하트는 사랑의 상징이다. 사랑하는 사람을 위해
하트 모양의 케이크를 굽거나,
바자회에서 하트 모양의
진저브레드(생강이 든 과자빵)를 사서 줘라.
그러면 자신이 어떤 감정을 갖고 있는지
더 이상 설명할 필요가 없을 것이다.

48

유원지의 실내 사격장에서 장미를 쏘아 맞춘 다음,
그것을 사랑하는 여인에게
다음과 같은 말과 함께 건네 주어라.
"내가 알고 있는 가장 아름다운 장미를 위한
한 송이의 장미." 다른 모든 것은 가만히
내버려둬도 저절로 잘 풀려 나갈 것이다.

49

종종 직접적인 방법이 사랑을 고백하는 데
가장 좋은 방법이 될 수 있다.
사랑하는 사람에게 적절한 순간에,
키스를 하고 싶다고 말하라.
그 반응은 바로 당신이 서 있는 위치를
말해 줄 것이다.

50

e메일을 통한 사랑 고백이 반드시
예의에 어긋난다고 인식할 필요는 없다.
e메일에 사랑의 음악과 적절한 만화나
자신의 사진 등을 곁들여서 보낼 수 있다.
또한, 인터넷에서 사랑의 편지를 위한
적절한 문구들을 찾아내거나,
다른 사람에게 사랑의 편지를 써 달라고
부탁할 수도 있다.
(물론 자기가 직접 편지를 쓰면 더 좋지만)

51

그는 입으로 하는 키스로 나를 온통 뒤덮었다.
그의 사랑은 포도주보다 더 달콤했다.

〈구약성서〉

52

만약 e메일을 통해서
사랑의 편지를 보내는 경우에는
사랑하는 사람의
개인 e메일 주소로만 보내야 한다.
직장에서는 동료들이 e메일을
빈번히 열어 보기 때문에,
오히려 사랑하는 사람을
곤혹스럽게 만들 수 있다.

53

사랑의 시를 지어서 사랑하는
사람에게 건네준다.
요즘에는 시가 구식이라고
여겨질 지도 모르지만,
만약 시를 짓는 데 공을 들인다면,
특별한 의미를 지니게 될 것이다.

54

사랑을 고백하는 유머러스한 방법은
자신의 티셔츠에 다음과 같은 문구를
새겨 넣는 것이다.
"(사랑하는 사람의 이름), 나는 당신을 사랑합니다!"
이 티셔츠를 사랑하는 사람을 만나러 갈 때 입고
가라. 그러면, 당신의 사랑 고백을 보지 못하고
넘기는 일은 절대로 없을 것이다!

55

보디 페인팅으로 자신의 사랑을 나타낼 수 있다.
사랑하는 사람이 잘 볼 수 있도록,
몸통이나 팔, 몸의 다른 장소에 다음과 같이
메시지를 써넣는다.
"나는 당신을 사랑합니다(사랑하는 사람의 이름)."
그리고는 그 사람 앞에 서서 반응을 기다려라.

56

대중들 앞에 나서기를 좋아하면
나이트의 DJ에게,
마이크로 짧은 메시지를 전할 수 있도록
해달라고 부탁한다.
그리고는 모든 사람이 듣도록 상대방에 대한
자신의 사랑을 설명한다.

57

밴드나 합창단의 단원을 알고 있는가?
그들에게 사랑하는 사람의 집 앞에서 세레나데를
연주하거나 노래해 주도록 부탁하라.
물론 그것은 사랑의 노래이어야 한다.

58

사랑하는 사람을 등산 여행에 초대하라.
메아리가 잘 울려 퍼지는 조용한 장소를 찾는다.
자신의 사랑이 잘 메아리치도록
커다란 소리로 고백한다.
청명한 날씨인가를 먼저 확인하라.
비가 오는 날에는 이런 등산 여행은
그다지 로맨틱하지 않으니까.

59

연주에 대한 재능을 갖고 있는가?
그렇다면, 사랑 고백을 팬터마임으로
할 수 있을 것이다! 사랑하는 사람이 당신이
하려고 하는 말을 이해할 수 있도록 하기 위해
거울 앞에서 이런 고백의 동작을 여러 차례
연습하기 바란다.

60

요리를 통한 사랑 고백은 요리에 그다지
익숙하지 못한 당신에게 바람직한 방법이다.
사랑하는 사람을 식사에 초대한다. 그리고 접시에,
"당신을 사랑합니다."의 문자 모양으로
만든 국수를 만들어 내놓는다. 그 뒤에
진짜 식사를 하기 위해 다른 식당에 갈 수도 있다.
그러나 그 때는 갑자기 왕성해진 식욕을 위해
기름진 음식을 먹기 바란다.

61

잠을 자는 것은 사랑이고,
지켜보는 것은 인생이다.
인생에서 당신은 낮에 속해 있고,
사랑에서 당신은 밤에 속에 있다.
〈요한 빌헬름 리터〉

62

하트 모양의 케이크를 굽고 그 위에
"당신을 사랑합니다."라고 쓴다.
그것을 사랑하는 사람에게
적당한 기회에 선물한다.
(하지만 그 때는 주위에 다른 사람이 없어야 한다.
당신의 사랑은 당신과 꿈의 파트너에게만
관계가 있기 때문이다).

63

축하의 말을 노래로 나타내는 것은
요즘 세상에서는 조금도 이상할 것이 없다.
심지어 그런 것을 제공해 주는
서비스 회사까지 있을 정도이다.
이러한 행복의 메신저를 고용하여
사랑 고백을 노래로 전달하면 좋을 것이다.

64

꿈의 파트너에게,
"당신을 사랑합니다."
하면서 커다란 장미 꽃다발을 건네준다.
물론 그 장미는 가능하면 새빨갛고
줄기가 길지 않아야 한다.
그리고 세련되게 건네주어야 한다.
장미 꽃다발은 절대로 너무 작아서는 안 된다!

65

사랑을 고백할 때, 반드시
"당신을 사랑합니다" 하고 말할 필요는 없다.
자신의 사랑을 좀더 시적으로 표현할 수도 있다.
예를 들면, "나는 하늘에 있는 저 별들보다 당신에
게서 더 벅찬 감동을 느낍니다."

66

사랑의 고백은 반드시
첫 키스를 하기 전에 해야 한다는 법은 없다.
그것을 두 번째 키스, 세 번째 키스,
아니 천 번째 키스 이후로 미룰 수도 있다.
만일 그 때까지 상대방이 자신에게 관심을
갖고 있다는 것을 확신할 수 있다면 말이다.

67

사랑하는 사람에게,
자신이 얼마나 잠을 이루지 못하는가를 말하라.
만일 상대방이 그 원인을 물으면,
이렇게 말하라.
"우리가 만난 이래 나는 오로지
당신만을 생각하고 있기 때문에
도저히 잠을 이룰 수가 없습니다."

68

사랑이란 좋아하고 사랑하는 상대를
바라보고 만져보는 기쁨이다.
〈스탕달〉

69

옛날식 게임.
"그는 나를 사랑한다.
그는 나를 사랑하지 않는다."를 사랑하는 사람과
함께 데이지꽃으로 뒤덮인 초원에서 해보라.
그리고 끝에 가서는 결과가,
"그는 나를 사랑한다."로 나오도록 만든다.
(설사 당신이 꽃잎을 두 개 동시에 따내야 한다
하더라도)
그리고 천진난만하게 상대방에게,
그 말이 사실이냐고 물어보는 것이다.

70

수예품을 옛날식이라고 생각하고 있는가?
이런 식으로 사랑을 고백한다면
그렇지 않을 것이다!
조끼나 목도리를 떠서, "당신을 사랑한다."는
문자를 짜 넣는다(만약 이것이 너무 어렵게 생각되면
수를 놓을 수도 있을 것이다).
그리고 그것을 사랑하는 사람에게 선물한다.
설사 그것을 입지 않는다 하더라도
하나의 즐거운 추억으로 남을 것이다.

71

❋ 위풍당당한 사랑의 고백

왕자나 공주처럼 의상을 차려입고,
사랑하는 사람에게, 마음의 왕/여왕이 되어서
함께 미래의 생활을 누리겠느냐고
옛날 말투로 청혼을 한다.

72

다른 사람의 사랑을 손에 넣기 위해
자신에 관한 이야기를 꾸며 대지 말라.
악의 없는 사소한 거짓말이라 하더라도
금세 탄로 나기 마련이다.
왜냐하면, 장기적으로 볼 때,
자기가 아닌 다른 사람의 모습을
영원히 계속할 수 없기 때문이다.

73

✱ 특별히 용기 있는 여성에게 충고

자신이 사랑하는 사람을 집으로 초대하라.
환하게 비치는 네글리제나 목욕 가운을
입고, 속에는 아무것도 입지 않은 채
사랑하는 남자를 유혹한다.
이 사이에 사랑을 고백할 수 있다.

74

✱ "마술적"인 사랑의 고백

성냥갑에 설탕을 조금 집어넣는다.
그리고 사랑의 주문을 적은 종이쪽지 몇 개를
성냥갑에 꽂는다. 사랑하는 사람에게
다음과 같은 말과 함께 그것을 건네준다.
"내가 당신을 사랑하는 것만큼 당신이 나를
사랑할 수 있도록 이것을 먹기를 바래요."

75

❋ 여성을 위한 장난기 섞인 사랑 고백

색깔이 들어 있는 콘돔을 한 상자 사서
예쁘게 포장한다.
그 선물을 사랑하는 남자에게 건네주고 말한다.
"나는 우리 둘이서 가능한 한 빨리
이것을 모두 써 버리기를 원해요.
당신을 사랑해요."

❖

청혼은
가장 아름다운 사랑의 고백이다.
결국 그것은
다른 사람과 함께 여생을
보내고 싶다는 것을
의미하기 때문이다.
(비록 그것이 종종 현실적으로는 전혀
다른 것이 되어 버릴 수도 있지만)
청혼을 하는 데는
수천 가지 방법이 있을 것이다.
그 중 몇 가지 방법을 소개한다.

76

파트너를 호화스러운 레스토랑이나
평소에는 잘 찾지 않는 고급 식당으로
데리고 간다. 샴페인이나 혹은
가능한 최고의 포도주를 주문한다.
물론 식사도 특별한 것이어야 한다.
파트너가 무엇을 축하하는 것인지
그 이유를 물으면(그리고 이런 질문은 당연히 나오기
마련이다!), 그 때야말로 청혼의 말을 꺼낼 때이다.

77

✱ 조금은 뻔뻔스러운 프로포즈

콜라 캔에서 링풀을 뜯어내어 파트너의 손가락에
끼워 주고, "불행하게도 나는 더 이상의 것을 해줄
능력이 없어. 하지만 그래도 당신이 나와 결혼해
주기를 바래."

78

✽ 유머러스한 프로포즈

작은 텐트를 하나 사서
사랑하는 사람에게 건네주면서 말한다.
"불행하게도 나는 그 이상의 것을
해줄 능력이 없어요.
그러나 당신은 내 미래의 아내/남편으로서
이 조촐한 거처에서 기꺼이 함께
살아줄 것이라고 믿어요."

79

사랑의 시가 실려 있는 책을 파트너에게 선물한다.
그 첫 페이지에 헌사로,
"나는 당신을 사랑해.
당신과 함께 여생을 보내고 싶어.
나하고 결혼해 주겠어?" 하고 쓴다.

80

처음 만났던 장소나 첫 키스를 나누었던 장소를
방문함으로써 파트너를 깜짝 놀라게 한다.
그리고 그 중요한 장소에서
다음과 같은 방식으로 프로포즈를 한다.
"이곳에서 우리는 처음으로 만나서
첫 키스를 했어. 그 때 이래 내 인생은
더 할 수 없이 행복해졌지. 나와 결혼해 준다면
나는 더욱 행복해질 거야."

81

자신이 살고 있는 곳에 그 지역 방송국이 있는가?
방송국 측에 방송을 통해서 파트너에게
프로포즈를 할 수 있게 해달라고 부탁한다.
그러나 파트너가 그 청혼이 방송될 때,
그 라디오를 듣고 있는 가부터 먼저
확인해야 할 것이다.

82

두 사람이 함께 휴일을 갖게 된다면,
프로포즈를 하기에는 가장 이상적인 시간이다.
저녁 때, 파트너와 함께 해변으로 나가서
해가 저무는 광경을 바라본다.
그러한 로맨틱한 분위기 속에서는
청혼을 위한 적당한 말을 찾는 것은
그다지 어려운 일이 아니다.

83

파트너를 기구 여행에 데리고 가라.
구름 위로 높이 날아 올라 갔을 때,
"당신과 함께 있으면 나는 지금뿐만 아니라
항상 더 할 수 없는 행복감을 느낍니다.
이런 식으로 행복하게 살기 위해
당신이 나의 아내/남편이 되어 주었으면
좋겠어요."

84

결혼 하고 싶다는 것을 나타내는
그림 퍼즐이나 크로스워드 퍼즐을 고안해내라.
결코 쉬운 일은 아니겠지만, 상상력을 활용하면
충분히 만들 수 있다.
그것을 파트너에게 풀어 보라고 준다면,
그 이상 즐거운 일은 없을 것이다.

85

저녁때가 되면 파트너의 침실 창문 밖에 가서,
연인이 문을 열어 주도록 돌을 한두 개
가볍게 창문에 던진다.
그리고는 세레나데를 부른다.
이후에 그 중요한 프로포즈를 하라.

86

친구들이 결혼을 할 때,
신부가 던진 부케를 자신의 파트너가
받을 수 있도록(신부와 미리 짜서) 한다.
신부가 던진 부케를 받은 아가씨는
다음 번에 결혼을 하도록 되어 있다.
파트너가 그 부케를 받으면,
즉각 그녀에게 구혼을 하라.

87

자신의 파트너가 얼마나 소중한 존재인가를
신문에 광고를 내서
전 세계에 알리는 것은 어떨까?
그러나 상대방이 그것을 읽기 전에,
일단 프로포즈를 하는 것이 정상일 것이다.

88

결혼 행진곡을
CD나 카세트 테이프에 녹음을 해두어라.
그것을 적절한 시기 예를 들면,
낭만적인 저녁식사를 한 뒤나,
둘만의 공간에 있을 때에 튼다.
만약 파트너가 그 음악은 도대체
무엇을 의미하는 것이냐고 물어보면,
그냥 싱긋 웃으면서
사랑하는 사람의 몸을 끌어안으면 될 것이다.

89

만약 파트너가 그 카세트 테이프나 CD를 듣고서도
당신의 의도를 눈치채지 못했을 때에는
보다 직접적인 방법을 사용하여,
그녀의 귀에 대고 노래를 불러야 할 것이다.
"나와 결혼을 해주겠소?" 하고.

90

파트너에게 자신이 가진 소유물 가운데서
가장 소중한 물건을 선물로 준다.
지금부터 모든 것을
그와 함께 하기를 원하기 때문에
자신의 소중한 물건을 주는 것이라고 말하라.
그리고는
그에게 프로포즈를 하라.

91

참다운 사랑은 죽음에 대한 생각을,
무엇인가 현세적이고,
능히 견딜 수 있고, 두려움이 없고,
단순한 우화, 혹은 어떤 물건에 대해
기꺼이 지불하는 대가처럼 생각하도록 만든다.

〈스탕달〉

92

사다리의 도움을 빌어서
여자친구의 방으로 기어올라가는 것은 이미
유행에 뒤떨어진 방식이다.
왜냐하면, 시대가 많이 변해서,
요즘에는 떳떳하게 여자친구 집의 현관문
초인종을 누를 수 있게 되었기 때문이다.
그러나 프로포즈를 하는 데는
이러한 구식 풍습이 오히려 이상적이다.
그녀가 창문을 열도록 돌을 몇 번 던지고 나서
사다리를 타고 기어올라간다.
그리고 나서 이렇게 말한다.
"내가 자기를 만나기 위해 얼마나
고생을 하는 지 보았을 거야.
그러니까 더 이상 이런 고생을 하지 않기 위해
나와 결혼해 주겠어?"

93

'예언'의 작은 쪽지가 들어 있는
중국의 점괘 과자에 대해서 잘 알고 있는가?
그 점괘 과자를 직접 만들어 보는 것은 어떨까?
그 쪽지 하나하나에,
"나와 결혼해 주겠습니까?"
라는 질문을 써넣어라.

94

색깔 백묵을 사 가지고 날씨가 좋은 날,
파트너가 살고 있는 집 앞길에
다음과 같은 글을 써 놓는다.
"나는 당신을 사랑해, (파트너의 이름).
나와 결혼해 주겠어?"
그리고 사랑하는 사람이 이 메시지를 읽을 때,
반드시 거기에 있어야 한다.

95

프로포즈는 역시 완전히 본능적인 것이어야 한다.
파트너와 함께 특별히 경험하는 더 없이
행복한 순간에 프로포즈를 하라.
눈싸움을 하는 도중이거나,
매일의 일상적인 상황 속에서 갑자기
그 파트너를 너무나 사랑하기 때문에 함께
늙어가고 싶다는 생각을 갖게 될 것이다.
그것이 언제인가는 중요하지 않다.
그러니까 자신의 감정에 무한한 자유를 주어라.

96

사랑이란 받으려는 욕구가 아니라
주려는 욕구이다.

〈베르톨트 브레흐트〉

97

한 남성이 사랑하는 여인을 위해 커플링을 샀다.

그러나 그것은 결혼 반지가 아니다.

그 반지를 그녀의 손가락에 끼워 주면서,

자기와 결혼해 주겠냐고 묻는다.

98

만약 개를 기르고 있다면,

그 개를 사랑의 큐피드로 행세하도록

이용할 수 있을 것이다.

프로포즈 내용을 종이에다 적어 플라스틱 용기에

집어넣어서 개를 시켜서 파트너에게 전달한다.

그러면 상대방은 깜짝 놀랄 것이다!

99

파트너가 자신에게 얼마나 소중한 존재인가를
알리는 사랑의 시를 한 편 써라.
그리고는 좋은 기회에 연인에게 시를 읽어 준다.
그 뒤에 이렇게 프로포즈를 한다.
"이제 당신은 나에게 얼마나 소중한 존재인가를
알았을 거요. 그러니 나와 결혼해 주시오."

100

스쿠버 다이빙을 좋아하는가?
그렇다면, 수중에서 프로포즈를 할 수 있다.
물론 이상적인 장소는
참다운 다이버의 낙원이 될 것이다!
수중에서는 말을 할 수가 없기 때문에,
파트너에게 손짓과 발짓으로
결혼하고 싶다는 것을 설명해야 한다.
(그리고 상대방에게 반지를 내밀어야 한다)

101

에로틱한 사랑의 밤을 보낸 뒤,
립스틱으로 자신의 몸에
프로포즈 내용을 써 보인다.
물론 크림으로 커플링과 의문 부호(?)를
자신의 몸에 그릴 수도 있다.
나중에 파트너가 당신을 핥아먹을 수 있도록!

102

사랑은 솔로가 아니다.
사랑은 듀엣이다.
그래서 사랑이 한쪽으로 기울어지면
그 노래는 멈춘다.
〈아달버트 폰 카미소〉

103

문신을 새길 수 있다면
자신의 몸에다 파트너의 이름을 새겨라.
그것을 파트너에게 보여 주고 말하라.
"당신에 대한 나의 사랑은 피부 밑에서
영원히 계속될 거야. 나하고 결혼해 주겠어?"

104

당신은 인터넷광인데,
파트너가 다른 도시나 다른 지방에 살고 있는가?
그러면 사랑하는 사람을 대화방에서 만나라.
사적인 대화중에 데이터 라인을 통해서
프로포즈를 할 수 있을 것이다.

105

물론 e메일을 통해서 프로포즈를
할 수도 있겠지만,
그 경우에 프로포즈는
매우 독창적인 것이어야 한다.
예를 들면,
첨부 파일로 웨딩 마치를 보낸다든가,
컴퓨터로 처리한 두 사람의 사진(두 사람은 신랑과
신부의 복장을 하고 있다)을 보낼 수 있다.

106

만약 자동차가 그다지 낡지 않았을 때에는,
지붕 위에 자신의 사랑을 표현하고,
결혼하기 원한다는 문구를 적은 플래카드를 달고
다닐 수도 있다.

107

프로포즈를 시낭송으로 하는 것은 어떨까?
자신이 얼마나 훌륭한 시인인가도 보여줄 수 있다.
물론 그 시구가 자신의 상황에
정확히 들어맞아야 한다.
적절한 시기를 선택해서 사랑하는 사람에게
자신의 시를 직접 낭송해 준다.
만약 무릎까지 꿇는다면
훨씬 더 깊은 인상을 줄 것이다.

108

나는 당신을 항상 사랑해 왔고,
오늘날까지도 당신을 사랑하고 있고,
그리고 영원토록 당신을 사랑할 것이다.
〈루드비히 울란트〉

109

팬시 케이크로 놀래 주어라.

(파트너의 생일 같은 경우에)

사람이 한 명 그 속에 들어갈 수 있을 만큼

큰 플라스틱 크림 케이크를 주문한다.

그런 케이크는 파티 대행업자한테 구할 수 있다.

그 케이크 속에 들어가 앉아서 적절한 시기에

파트너의 집으로 배달되도록 한다.

그리고는 적당한 순간에 뛰쳐나와서 말한다.

"이것이 내 선물이요. 나와 결혼해 주겠소?"

110

낡은 자동차를 갖고 있는가?

그 자동차의 차체에다 페인트로 프로포즈 내용을

쓴 후 그녀의 집 앞을 서행하기 바란다.

111

❋ 고전적인 청혼법

남성은 가장 좋은 양복을 꺼내 입고
사랑하는 사람에게 장미 꽃다발을 건네주고,
무릎을 꿇은 다음에 결혼을 해주겠느냐고 묻는다.
그것이야말로 가장 적합한 청혼법이 아닐까?
오히려 더욱 낭만적일 수가 있다!

112

내가 어떻게 당신의 사랑을 의심할 수 있겠어?
나 자신의 사랑이 이처럼 활활 불타고 있는 것을
알고 있는데!
〈프란츠 그릴파저〉

113

파트너가 "예스."라는 대답을 해주리라는
확신을 가진 경우에는,
상대방에게 비행기표(혹은 여행권)를
선물할 수도 있다.
그러면 두 사람은 그곳에서 결혼을 하고
최고의 신혼여행을 즐길 수 있을 것이다.

114

파리는 연인들에게는
세계에서 가장 아름다운 도시이다.
세느 강의 강둑에 널려 있는
로맨틱한 장소에서 파트너에게
프로포즈를 하는 것은 어떨까?

115

❋ 사람들 앞에 나서기를 원치 않는
  나이트클럽 애호가에게 충고

DJ에게 자신이 부른 '노래'를 틀어 달라고
부탁하는 것으로 충분하다.
음악이 연주되기 시작하면, 파트너를 끌어안고
춤을 추다가 바짝 끌어당긴 다음에
프로포즈를 한다.

116

태양의 황금빛이 시커먼 비구름을
황금빛으로 바꿔 놓는 것처럼,
그 입김이 닿는 것 모두를 고상하게
만들어 버리는 것은
사랑의 마술적인 힘이다.

〈프란츠 그릴파르저〉

117

당신과 파트너 둘만을 위한
비디오를 제작한다.
그리고 지금까지 함께 보낸 인생에서
가장 즐거운 장면들을 지켜본다.
그리고 그 비디오가 끝나갈 때쯤에,
이렇게 말할 수 있다.
"나는 당신과 함께 보낸 즐거운 시간들을
더 많이 경험해 보고 싶소.
나와 결혼해 주지 않겠소?"

118

당신과 파트너는 등산을 좋아하는가?
산 정상에서 파트너에게 결혼해 달라고
청하는 것보다
더 아름다운 일이 무엇이 있겠는가!

119

❊ 드라마틱한 연기를 좋아하는 사람에게 충고

검정 안대로 한쪽 눈을 가리고
주름이 많이 잡힌 셔츠를 입고
검을 빼든 해적으로 분장한다. 그리고는
사랑하는 사람이 근무하는 직장에서
그녀를 납치한다(사전에 그녀의 상사에게
양해를 구해야 한다).
그리고 그녀를 자신의 배(노 젓는 보트이든 요트이든
상관없다)로 끌고 간다. 이런 납치극이 성공적으로
끝난 뒤에, 사랑하는 사람 앞에 무릎을 꿇고
그녀의 손을 잡고서 프로포즈를 한다.

120

❊ 사랑하는 것 외에 가장 행복한 일

사랑을 고백하는 것이다.

〈앙드레 지드〉

121

프로포즈를 하기 위해

보물찾기 놀이를 해보면 어떻겠는가?

파트너에게 선물할 것이 있다고 말하고,

그것을 어디에서 찾을 수 있는가 하는 힌트를

주고, 토끼사냥놀이를 시작한다.

상대방은 그 종이 조각들을 모아서

하나의 문장을 만들어야 한다.

"그대, 나와 결혼해 주겠소?" 하는

문장을 여러 장의 종이 조각에 나누어 쓰고,

그 다음 종이 조각은 어디에서

발견할 수 있는 지 정보도 알려 준다.

일단 파트너가 그 모든 종이 조각들을 발견하면,

당신의 결혼 제의를 알게 될 것이다.

파트너가 그 종이 조각을 모아서

청혼의 메시지를 읽을 때,

그 옆에 서 있어야 한다.

122

보트(범선이나 노 젖는 배)를 세내서
파트너를 초대한다. 샴페인을 준비하고,
파트너에게 낭만적인 태도로 육지의
북적거리는 소음을 떠나서 멀리
먼바다로 나갈 것을 제의한다
(물론 호수나 강이라도 좋다).

123

베니스도 신혼여행을 위해서는
이상적인 도시이다.
그리고 또한 낭만적인 배경 때문에
프로포즈하기에도
이상적인 도시이다.

124

사랑하는 사람과 함께
그가 좋아하는 팀의 축구시합에 간다.
장내 아나운서에게 중간 휴식시간에
사랑하는 사람에게 청혼을 한다는 사실을
발표해 주도록 부탁한다.
(잠시 동안 자리를 비울 구실을 찾아내야 한다)
장내 아나운서는 틀림없이
그 부탁을 들어줄 것이다.

125

당신과 파트너는 나이트클럽에
가기를 좋아하는가?
단골 나이트클럽에 가서 장내 마이크를 통해서
프로포즈를 하면 어떨까?
우선, DJ에게 당신과 파트너에게
특별한 음악을 틀어 달라고 부탁하고,
그 다음에 마이크 앞으로 다가가서
모든 사람들 앞에서 사랑을 고백하는 것이다.

126

친구에게 부탁해서
사랑하는 사람에게 프로포즈를 하는 자신의
모습을 비디오로 제작하게 한다.
상대방에게 그 비디오를 선물로 주고
함께 틀어 본다.
샴페인을 미리 준비해 가도록!

127

✽ 남성을 위한 충고

파트너를 어린이 놀이터로 데리고 간다.
(만약 파트너가 아기를 갖기를 원한다면)
아이들이 시끄럽게 뛰어 노는 것을 지켜보다가
적절한 순간에,
"우리도 새로운 가정을 꾸밉시다.
나와 결혼해 줘요!"

128

파트너에게 둘이서 찍은 사진 중
가장 잘 나온 사진만 모아 놓은 앨범을 선물한다.
그 앨범에는 어렸을 때부터 현재까지의 인생을
기록한 자신의 사진도 포함시킬 수 있다.
마지막 사진은,
두 사람이 신부와 신랑 차림을 한 콜라주 사진을
붙이고, 그 밑에 "나와 결혼해 주겠소?" 하고
황금색 글자로 쓴다.

129

자신이 직접 녹음한 결혼에 관한 노래의
카세트 테이프나 CD를 파트너에게 건네주면,
프로포즈의 힌트로 분명히 이해하게 될 것이다.

130

사랑하는 사람을 꼭두각시 쇼에 초대한다.
당신들 두 사람은 남녀의 주인공이 된다.
꼭두각시를 가지고,
둘이 함께 보낸 생활 가운데서 가장 기억에 남는
장면을 연기해 본다.
그리고 끝에 가서,
당신이 연기하는 꼭두각시가 다른 꼭두각시에게
프로포즈를 한다.
그리고 나서 커튼 뒤에서 나와서
다시 청혼을 한다.

131

사랑하는 사람을 숭배하는 것은
사랑하는 사람의 본성이다.

〈프리드리히 슈레겔〉

132

물론 꼭두각시 연극에서
당신의 '꼭두각시'가 파트너에게 직접
프로포즈를 할 수도 있다.
프로포즈를 하는 동안,
차츰 무대 커튼 뒤에서
모습을 나타내면 되는 것이다.

133

파트너에게 내용이 인쇄되지 않은
백지 책을 선물한다.
만일 파트너가 깜짝 놀라서,
이것은 도대체 무슨 의미냐고 물으면,
"이 책은 우리들의 결혼 생활의 멋있는 일들을
전부 기록하기 위해 남겨둔 것입니다.
제발 나와 결혼해 주세요!" 하고 말한다.

134

자신의 셔츠나 점퍼, 티셔츠에 판지나
플라스틱으로 만든 하트 모양을 붙인다.
그것을 파트너에게 선물하면서,
"나는 당신에게 나의 하트를 주는 거요.
나와 결혼해 주겠소?" 하고 말한다.

135

비형식적인 프로포즈 역시
그 나름대로 매력을 가질 수 있다.
상대방이 전혀 예상치 못한 순간에,
(예를 들면, 접시를 닦고 있을 때)
지나가는 말처럼
자기와 결혼해 주겠느냐고
물어보는 것이다.

136

무더운 여름 날 오후다.
당신들 두 사람은 해변이나 수영장에 누워 있다.
손가락으로 파트너의 등에다
"나와 결혼해 주겠어?" 하는 글자를 쓴다.
상대방은 그 때쯤이면
당신이 무엇을 쓰고 있는 지를
추측할 것이다.

137

2인승 자전거를 사서 파트너에게
선물로 주면서 말한다.
"나는 앞으로 어느 곳이든 당신과 함께 가고 싶소.
제발 나와 결혼해 주오."

138

남의 방해를 받지 않고
사랑을 나눌 수 있는
조용한 장소를 자연 속에서 찾아라.
그 뒤에 로맨틱한 피크닉을 즐기면서
파트너에게 프로포즈를 한다

139

사랑하는 사람에게 귀여운 장난감을 선물한다.

프로포즈 내용을 종이에 써 가지고

그 장난감의 목에 감는다.

"이 귀여운 장난감처럼,

나는 앞으로는 당신만을 사랑할 거예요.

나와 결혼해 줘요!"

140

✽ 사랑할 때 가장 큰 행복은

다른 사람의 마음의 평화를 발견하는 것이다.

〈줄리 드 레스피나스〉

141

한 다발의 들꽃은 별로 특별한 선물은 아니다.

그러나 대단히 아름답다.

그러니까 들판에 나가서 들꽃을 꺾어다가

파트너에게 선물하면서

프로포즈를 하라.

142

연인들의 사진을 파트너에게 선물한다.

그림이라도 좋고 복제화라도 좋다.

그 사진 뒤에 프로포즈의 글을 써넣는다.

143

만일 글 쓰기를 좋아한다면,
몇 편의 러브스토리를 써라.
당신과 파트너가 어떻게 만나고 어떻게 서로를
사랑하게 되었는가를 쓰고,
그 이야기 끝에 가서는 두 사람이
결혼하는 광경을 쓴다.

144

사랑하는 사람에게,
평소에는 손에 넣지 못하는 물건으로
깜짝 놀라게 한다.
자신의 개인적인 파티를 경축하면서
파트너에게 프로포즈를 한다.

145

어렸을 때 했던 자석으로 하는
낚시질 게임을 기억하고 있는가?
그 게임을 연인과 함께 한다.
상대방은 당신이 그 물고기 속에
반지 두 개를 숨겨 놓은 것을 모르고 있다.
연인이 그 반지를 낚아 올렸을 때,
상대방에게 프로포즈를 한다.

146

특별히 신랑과 신부를 위해 결혼식 전에
춤을 추는 법을 가르치는 댄스 학습서를
파트너에게 선물로 준다. 그러면,
파트너는 더 이상 설명할 필요 없이
그 선물을 이해할 것이다.

147

섹시한 옷을 입을 수 있는 장소라면
그야말로 섹시한 의상을 입어라.
상대방의 놀라움이 훨씬 더 커질 것이다!

148

✱ 남성을 위한 충고

파트너가 최고로 예뻐 보이지 않을 때,

프로포즈를 하라.

왜냐하면,

그녀는 화장을 하지 않았거나,

막 잠에서 깨어났거나,

아니면 머리를 감지 않은 때이기 때문이다.

자신이 매력적이라고 느끼고 있지 않을 때조차도

얼마만큼 그녀를

사랑하고 있는가를 말하고,

그녀에게 청혼을 함으로써

그것을 더욱 강조한다

149

이런 러브스토리들을 컴퓨터에 입력하고
프린트해서 작은 책자를 만든다.
(이 작업 역시 자신이 할 수 있다)
당신의 러브스토리를 읽고,
결국 파트너는 이해를 하게 될 것이다.

150

눈 속에서 하는 청혼은
매우 특별한 것이 될 것이다.
눈으로 뒤덮인 하얀 들판이나,
눈썰매장에서 산책이나,
눈싸움을 한 뒤라도 상관이 없다.
그 호화롭게 빛나는 하얀 눈의 풍경은
두 사람의 사랑에 낭만적인 빛을 더해 줄 것이다

배우자에 대한 사랑고백

❖

사랑의 첫 단계에서는
사람들은 쉴새없이 배우자에게
자신의 사랑을 강조해서 말한다.
그러나 그것은 곧 보다 깊은 애정과
보다 깊은 보호의 감정으로 바뀐다.
(물론 두 사람이 계속 함께 한다는 전제 아래지만)
불행하게도, 일상생활 속에서
우리들은 배우자에게 자신이 얼마나 상대를
사랑하고 있는 지를 표현해 보이는 것을
게을리하고 있다. 이것은 참으로 애석한 일이다.
결국, 배우자와의 생활을
그토록 애정에 넘치는 것으로 만들어 주고,
일상생활이 단조롭고 지루해지는 것을
사전에 방지해 주는 것은 조그만 사랑 표현이다.
그러니까 때때로 배우자에게
자신의 사랑을 적극적으로 표현하기 바란다!

151

배우자와 함께 사랑의 영화를 자주 관람하러 간다.
그리고 젊은 연인들처럼
어둠 속에서 손을 잡고, 키스를 나눈다.
이렇게 영화관에서 함께 하는
저녁 시간은 두 사람의 관계에
활기를 불어넣는 데 도움을 줄 것이다.
그리고 누가 알겠는가,
그런 밤이 진짜로
황홀한 밤으로 발전할지?

152

장미꽃은 사랑의 말을 대변해 준다.
사랑하는 사람에게,
빨간 장미꽃 한 송이를 선물하라.
아니면, 장미꽃 한 다발을 선물하면
더욱 좋아할 것이다!

153

만약 아침에 파트너보다 일찍 일어났을 때에는

다음과 같은 간단한 사랑의 메시지를

부엌 테이블 위에 얹어 놓는다.

'벌써 당신이 그리워지는군요.' 라든가,

'당신이 없으면 오늘 하루는

지루하기 짝이 없을 게요.'

서로를 알아온 것이 오래되었든

방금 만났든 상관 없이,

이런 메시지는

두 사람의 하루를

유쾌하게 만들어 줄 것이다!

154

배우자를 위해
사랑의 시를 써서 베개 밑에 넣어 둔다.

155

또한 립스틱으로 거울 위에
사랑의 메시지를 써 놓는 것도 좋은 아이디어이다.
(사랑하는 사람이 매일 아침 거울을 본다면 말이다)
그러나 나중에 그 거울을 깨끗이 닦을
마음의 준비가 되어 있어야 한다.

156

✳ 아침에 출근을 하려고 할 때,
사랑하는 사람의 자동차에
사랑 고백을 써 놓는다면,
배우자에게 즐거운 놀라움을
안겨 줄 것이다.
예를 들면,
운전대에 다음과 같이 쓴
종이쪽지를 꽂아 놓는다.
'제발 조심해서 운전하세요.
나는 당신과 함께 오랫동안 살고 싶으니까요!'

157

아무 말도 하지말고,
자신의 사진을 배우자의 지갑 속에 집어넣는다.
(에로틱한 사진이라도 괜찮다)
사진 뒤에다 이렇게 쓴다.
'당신을 사랑해요.
빨리 내게로 돌아오세요!'

158

배우자를 비판하는 대신에,
좀더 자주 칭찬을 해주어라.
그러면, 효과를 얻을 수 있다.
첫째로, 배우자는 당신에게 사랑 받고
당신에 의해 받아들여지고 있다고 느낄 것이고,
둘째로, 배우자는 새로운 칭찬을 받기 위해
칭찬 받을 일을 되풀이하려고 할 것이다.

159

배우자에게 약간의 에로틱한 놀라움을

맛보게 하는 것도

부부의 사랑 생활에 자극제가 될 수 있다.

사랑하는 사람의 자동차 운전석이나

서류 가방 속에 속옷을 숨겨 놓는다.

그리고 다음과 같은 쪽지를 함께 넣어 둔다.

'집에서는 당신이

깜짝 놀랄 일이 기다리고 있어요!'

이것은 이미 여러 해 동안

함께 생활을 해왔어도 두 사람의 관계에

흥취를 더해 줄 것이다.

160

배우자가 아침마다
저기압이 되는 경향이 있는가?
몇 가지 애무로 상냥하게
그를 깨우고 사랑의 말을 속삭인다.
그러면 즐거운 하루가 시작될 것이다.

161

배우자를 위해서,
예를 들면,
담배를 피우는 것과 같은
나쁜 습관을 고칠 필요가 있다.
그것은 배우자에게
자기가 얼마나 존경하고 있는가를
나타내는 것이며,
동시에 사랑의 고백이 될 수도 있다.

162

✽ 여성을 위한 충고

당신이 진짜로 좋아하는 향수를 뿌려라.
그러나 배우자가 그 냄새를 싫어한다면,
배우자와 함께 있지 않을 때만 사용해야 한다.

163

배우자에게 진심으로 서비스를 베풀라.
그를 위해 욕조를 가득 채우고,
거기에 목욕용 향수를 첨가하고,
욕조 안에 들어가 앉아 있을 때
등을 마사지 해준다.
배우자와 함께 목욕을 즐길 수도 있다.
그 다음에 무슨 일이 일어날 지는
하늘만이 알 것이다?

164

배우자가 두통을 호소하면,

머리를 마사지해 준다.

부드럽게 이마와 두피를,

그리고 더욱 부드럽게 목을 마사지한다.

그러면 머리의 긴장이 풀어지고,

또 기분을 좋게 만들어 준다.

간간이 키스를 섞어서

배우자를 더욱 편안하게 만들어 줄 수도 있다.

165

배우자보다 일찍 일어나야 할 일이 있다면,
그를 깨우지 않도록 노력해야 한다.
이것은 또한 사랑과 존경의 표시이기도 하다.
특히 배우자가
잠을 더 자기를 원할 때에는.

166

사랑의 하느님이 나를 당신에게 인도하였소.

〈주세페 베르디〉

167

참다운 사랑은
모든 사람에게 그 사랑이 받아들여지든
모든 사람에게 그 사랑이 부인되든 간에
영원히 그 사랑 자체에 충실하게 남아 있다.
〈요한 볼프강 폰 괴테〉

168

✳ 남성을 위한 충고
배우자에게,
그녀가 오랫동안 갖기를 원하던
향수를 선물하라.
비록 당신이 그것을
특별히 좋아하지 않는다 하더라도.

169

배우자의 사랑 고백에
언제나 감사의 마음을 표시하라.
(그것이 말이든 제스처든 선물이든 간에)
설사 그것이 때때로
어색한 방법으로 표현된다 하더라도.
그것이 배우자에게
얼마나 많이
사랑하고 있는가를 나타내준다.

170

✳ 여성을 위한 충고

만약 배우자가 열렬한 축구 팬이라면,

그와 함께

이따금 축구시합 구경을 간다.

비록 축구를 그다지 좋아하지 않더라도.

171

✳ 남성을 위한 충고

만일 배우자가 다른 프로를 보고 싶어하면,

축구 방송 보는 것을 단념하라.

특히 배우자가 당신과 함께

다른 프로 즐기기를 원하고 있을 경우에는.

172

e메일과 인터넷 시대에는
사랑의 (연애) 편지는
다소 구식처럼 보일 지도 모른다.
그러나 한편으로는,
사랑의 편지는 배우자에게
자신이 얼마나 사랑하고 있는가를 알리는
가장 좋은 방법이다.
사랑의 편지는 배우자와 함께
오랜 세월을 살아 왔더라도
특별한 놀라움을 안겨준다.

173

배우자의 생일에는
하루의 휴가를 얻도록 노력하라.
그러한 행동은 배우자가 자신에게
얼마나 중요한 존재인가를
웅변적으로 나타내준다.

174

아무런 특별한 이유도 없이
샴페인을 한 병 사 가지고
집으로 돌아와서 말을 한다.
"여보, 오늘 밤 우리들의 사랑을 위해
건배합시다!"

175

배우자가 직장에서
스트레스로 시달리고 있다면,
저녁에 그 긴장감에서 벗어나도록 도와준다.
함께 산책을 하고,
멋진 저녁식사를 즐기고,
일에 대해서 얘기를 나누고,
배우자의 어깨에 팔을 두르거나 한다.

176

배우자의 외모에 관해서 칭찬을 해주자.
특히 배우자가 자신의 매력에
회의를 느끼고 있을 때는.

177

배우자에게 문제가 발생해서
그것에 관해서 얘기를 할 때에는
상대방의 말을 열심히 들어준다.
설사 별로 도움이 되지는 못하더라도
최소한 관심을 나타내준다.

178

문제를 애무로 해결하는 것은 불가능하지만,
최소한 그런 노력은 할 수 있다.
배우자가 어떤 이유에서든
기분이 좋지 않을 때에는
상냥하게 대해 줘야 한다.

179

배우자가 우울한 것처럼 보일 때에는
사랑의 말로 즐겁게 해주도록 노력해야 한다.
배우자가 스트레스를 느끼거나
어떤 문제로 고민하고 있는 것처럼 보일 때에는
사랑을 고백한다.
예를 들면,
"당신이 우울해하더라도 내가 있잖아요!
우리 둘이 함께 모든 문제를
주목해 나가도록 노력해요.
왜냐하면,
우리는 서로를 사랑하고 있으니까요."

180

배우자가 오페라나 오페레타를 좋아하는가?
그리고 당신은 그것을 좋아하지 않는다?
그렇더라도 때때로 배우자에게,
오페라 티켓을 선물하고
동행하여 관람하는 것이 좋다.

181

배우자에게 별명을 붙여 주어라.
그 별명은 사랑스러운 것이어야 한다.
그러나 한 가지 중요한 것은,
그 별명은 자신뿐만 아니라
배우자에게도 어필하는 것이어야 한다.

182

사랑은 또한 용서를 의미하기도 한다.
배우자가 자신을 화나게 만들더라도
화를 내서는 안 된다.
물론 불쾌감을 나타내 보일 수는 있겠지만,
또한 동시에 관대함도 보여 줘야 한다.
특별한 방법,
즉 배우자를 유혹함으로써
화해를 위한 제스처도 취해야 한다.

183

사랑이란,
비록 배우자가 할 차례라 하더라도,
개를 데리고 산책을 나가주는 것이다.

184

배우자에게 얼마간의 자유는
허용해 줘야 한다.
결국,
신뢰는 사랑의 표시이기도 하기 때문이다.
비록 자신이 없을 때
배우자가 즐거운 경험을 가졌을 때는,
그것을 행복스럽게 생각할 줄 알아야 한다.

185

만약 배우자가 다른 사람과 바람을 피우면,
질투를 나타내 보여라(그러나 적당하게!).
그것은 당신이 아직도 배우자를
사랑하고 있다는 것을 상대방에게 보여주게 된다.
그러나 질투를 컨트롤할 수 있어야 한다.
과장된 질투는 절대 금물이다.

186

배우자에게

그녀가 특별히 좋아하는 옷을 사 주어라.

설사

당신이 보기에 그 옷이 그녀에게

전혀 어울리지 않는다고 생각되더라도.

그러나 배우자에게

그 옷을 좋아하지 않는다는 얘기는 하지 마라.

187

배우자에게 자신의 마음을
선물로 주기 바란다.
예를 들면, 커다란 진저브레드 하트의 형태로.
바자회 같은 곳에 가면,
사랑의 문구를 쓴
진저브레드를 발견할 수 있을 것이다.
'영원히 당신 거예요!' 라는 문구는 어떤가?

188

다른 사람들 앞에서, 왜 당신은 배우자를
사랑한다는 것을 나타내지 않는가?
왜 길거리에서 배우자에게 키스를 하지 않는가?
아마 처음 만났을 때는 자주 키스를 했을 것이다.
그 때는 그것에 대해서
조금도 부끄럽게 생각하지 않았을 것이다.

189

이것은 아기 갖기를 열망하고 있는
아내에게 남편이 할 수 있는
가장 멋진 사랑의 고백이다.
"이 시시한 피임 기구를 모두 내버립시다."
그리고는 아내의 배란기에
열렬히 사랑을 나눈다.

190

항상 똑같은 여자를 사랑하는 것은
불가능하다고 말하는 것은, 유명한 음악가가
음악을 연주하고 매력적인 멜로디를
창조해내기 위해서는 여러 개의 바이올린이
필요하다는 말처럼 유치한 말이다.

〈오노레 드 발자크〉

191

배우자에게 다른 사람과 비교해서
이점을 말하고,
특히 그런 이유 때문에
사랑하고 있다고 말하라.

192

✳ 여성을 위한 충고

힘든 하루를 보내고 온 배우자를 유혹하라.
매력적인 옷(훤하게 비치는 속옷 등)을 입고,
상대방을 흥분시키는
자극적인 향수를 뿌리고,
배우자에게 포도주를 한 잔 따라 주고,
그리고는 서서히 유혹하기 시작한다.

193

당신은 전혀 춤을 못 추는데
배우자는 춤추는 것을 좋아하는가?
그러면 댄스 레슨을 받아라.
(배우자가 전혀 모르게)
그리고 경쾌하게 함께 춤을 춰 보임으로써
배우자를 깜짝 놀라게 해주어라.

194

"사랑해."라는 말을 속삭여 주어라.
두 사람의 관계가 처음 시작되었을 때처럼.
그러면 상대방에게
신선한 놀라움을 안겨줄 것이다.

195

✽ 용감한 여성을 위한 충고
  그러나 또한 남성을 위한 충고
배우자에게 능란하게 스트립쇼를 하도록 유도하라.
그것은 그다지 어려운 일이 아니다.
거울 앞에서 몇 차례 연습을 하면
간단히 할 수 있다.
배우자는 유혹의 춤을 추다가
사소한 실수 같은 것을 무시해 버리고,
오히려 그것에서
더 스릴을 느낄 것이다.

196

낮에 사랑하는 사람의 직장으로 전화를 걸어라.
그리고 전화에 대고
사랑의 노래를 불러 주어라.

197

✽ 특별한 사랑의 고백

휴가에 대해서 아마도
당신과 배우자는 각자 다른 생각들을 갖고 있어서,
이것이 빈번히 불협화음의 원인이 되고 있는가?
그러면,
다음 번 휴가 계획을 세울 때에는
아무런 불평 없이
상대방의 계획에 순순히 찬성을 하라.
이유는 간단하다.
두 사람은 서로 사랑하고 있으니까.

198

사랑을 나누는 동안,
배우자에게
언제 특별한 것을 하기 좋아하는가를 말한다.
한편으로는 이것은 멋진 사랑의 고백이고,
다른 한편으로는 상대방에게
자신이 무엇을 좋아하는가를 알게 만든다.

199

완전한 사랑의 기술이란
그 황홀한 순간에 필요로 하는 것,
즉 자신의 마음에 따라서 말하는 것 외에
아무것도 아니라고 생각한다.
그러나 아무도 이것을
쉬운 일이라고는 생각지 않는 것 같다.
　〈스탕달〉

200

배우자가 어떤 특별한 영화를
보기를 좋아한다면,
자신에게는 흥미가 없는 것이더라도
관람해 주기 바란다.
상대방은 그것을
일종의 사랑 고백으로 이해하는
경향이 있기 때문이다.

201

만약 당신과 배우자가
옛날의 여자친구나 남자친구와 만난다면,
새로운 배우자를 정중한 태도로 소개를 하라.
그리고 과거의 파트너에게
자신과 배우자가 서로에게 속해 있다는 것을,
상대방의 어깨에 팔을 두르거나
손을 잡음으로써 표시를 하라.
그러면, 배우자는 그것을 사랑의 고백으로
귀하게 받아들일 것이다.

202

사랑은 우리를 고무시키지만
우리를 상처 입기 쉽게 만든다.
　〈하인리히 만〉

203

마룻바닥에서 사랑을 나누는 것은
무미건조한 밤을 활기 띠게 만드는 좋은 방법이다.
마루에 담요를 펼친 다음,
배우자에게 자기 옆에 눕도록 요구하고,
애무하기 시작한다.
이러한 특별한 장소에서 사랑을 나누는 것은
사랑의 생활에 활기를 불어넣어 줄 것이다.

204

일어나기 전에 몇 차례
애무를 해주면,
배우자에게는 밤에 대한
기대감이 증대될 것이다.

205

✳ 남성을 위한 충고

아내에게 아이들이 없는 하루를 만들어 주어라.
예를 들면,
당신이 아이들을 돌봐주는 동안,
아내는 여유 있게 쇼핑을 즐기거나
마음놓고 친구들을 만날 수 있을 것이다.

206

만약 배우자가 스트레스에 시달리고 있다면,
일상의 고된 일로부터 멀리 떠나서,
건강한 주말을 보내도록 도와주어라.
그리고 특별한 경우에만 그러지 말고,
자주 그렇게 해주어야 한다.

207

만약 배우자가 섹스에 대해 매우 개방적이라면,
전화를 통해서 많은 즐거움을 줄 수 있다.
만일 지금 함께 있다면,
어떤 것을 함께 하고 싶다는 등의
이야기를 함으로써.

208

✳ 식도락적인 사랑의 고백법
배우자가 좋아하는 음식을,
비록 자신은 특별히 좋아하지 않더라도 준비하라.
상대방이 싫어하는 음식은
절대로 만들지 말라.

209

만약 배우자가 당신에게
과거의 애정 행각에 대해서 묻는다면,
솔직하게 말해주어야 한다.
그러나 현재의 배우자와 과거의 파트너를
비교하는 잘못을 해서는 안 된다.
그 대신에,
과거의 파트너를 비판하거나
모독하거나 하지말고,
현재의 배우자의 장점을 강조해 줘야 한다.

210

간혹 침대 속에서 할 새로운 행위를 고안해 내라.
굳이 요란스러울 필요는 없다.
그러나 여러분의 애정 생활에
활력소를 불어넣어 줄 것이다.

211

만약 과거의 남자친구나 여자친구가
파티 같은 장소에서 희롱을 하기 시작한다면,
우호적이지만 단호한 태도로
거기에 남겨 두고 떠나라.
만약 새로운 배우자가 그 광경을 본다면,
당신이 배우자에게 줄 수 있는
가장 멋진 사랑의 고백이 될 것이다.

212

당신은 아직 결혼을 하지 않았는가?
그렇다면, 기억해 두라.
이 세상에서 가장 멋진 사랑의 고백은,
파트너가 전혀 예상치 못했을 때 하는
프로포즈이다.

213

❋ 고된 일과 뒤의 환영에 의한 사랑 고백
집의 문 위에 다음과 같이 쓴 플래카드를
매달아 놓는 것은 어떨까?
'내 마음속의 여왕님/왕자님,
집에 돌아온 것을 환영합니다!'

214

배우자에게 춤을 추러 가자고 초대한다.
그것은 나이클럽이든 카바레든 상관 없다.
그러나 신경을 쓰지 않는
자유로운 밤이어야 한다는 것만은 필수적이다.
베이비시터를 미리 구해 두고,
두 사람 모두 운전을 하지 않도록
택시를 부른다.
그리고 오로지 배우자만을 바라보면서
하룻밤을 보낸다.

215

배우자에게 깜짝 생일 파티를 열어 주어라.
배우자가 눈치를 채지 못하게 파티를 준비하고,
배우자가 특별히 좋아하는 손님들을
비밀리에 초대하는 것이다.

216

생일 파티에서 놀래주기 위해
사랑의 메시지를 써넣은
케이크를 만들어라.

217

얼마나 오래 전에
결혼을 했느냐는 중요하지 않다.
배우자를 제2의 신혼여행으로
깜짝 놀라게 해주어라.
단둘만의 낭만적인 여행을 계획한다.
아이들이 있다면,
그 여행은 그다지 길어질 수는 없겠지만,
그래도 큰맘 먹고 즐길 필요가 있다.

218

주말에는 배우자에게
침대 위에서 아침식사를 하게 해주어라.
밥상에는 작은 병에 꽂은
빨간 장미꽃 한 송이는 필수.
그리고 빵 부스러기가 걱정이 되지 않는다면,
에로틱한 '디저트(?)'를
즐길 수도 있을 것이다.

219

침대 속에서는
'노.'를 받아들여라.
만일 배우자가 어떤 행위를 하기 싫어한다면,
그것을 강요해서는 안 된다.

220

배우자를,
사랑을 나누기 시작했을 때 가졌던
눈으로 보도록 노력하라.
그 당시에 자신을 매혹시키곤 했던
배우자의 조그만 특징들과 기질들을
모두 기억해내라.
그런 특징들은(혹은 최소한 그 일부분은)
아직도 남아 있을 것이다.
파트너에게 그 당시 자신이
어떤 것들을 사랑했는가를 말하라.
지금도 아직 그것을 사랑하고 있다고 말하라.

229

여름의 한줄기 소나기가 내리는 동안,
배우자의 손을 잡고 밖으로 뛰쳐나가서
빗속에서 함께 뛰면서 춤을 추어라.
그리고 배우자에게 키스를 하고,
둘의 키스에 빗물이
어떻게 스며드는가를 느껴라.

230

배우자가 병에 걸렸다면
두터운 담요, 푹신한 베개
그리고 따뜻한 차 등으로
안락한 분위기를 만들어 주어라.

231

당신이 담배를 피우지 않더라도,
배우자의 담배가 떨어졌을 때
담배를 사다 줌으로써
사랑한다는 것을 보여 주어라.
(너무 자주 하지는 말고 가끔씩)
그리고 방 하나를
'흡연실'로 사용하도록 내버려 두라.
(그러나 그것은 아이가 생길 때까지만!)

232

배우자와 해변에서
사랑을 나누는 꿈을 꾼 적이 있는가?
그렇다면,
다음 휴가 때에는 그 소망을
충족시켜 주도록 하라.

233

배우자가 담배를 피우지 않는다면,
담배 피우는 것을 포기해야 한다.
한편으로, 그것은 상대방을
간접 흡연 피해자가 되지 않도록 하는 것이고,
다른 한편으로는
자신의 생명과 배우자와 함께 지낼 수 있는 시간을
연장시키게 될 것이다.

234

✲ 남성을 위한 충고

전화를 걸고 싶어하는 아내의 충동에
이해심을 나타내 보여라.
여자는 새 옷을 샀을 때,
몇 시간이고
이야기를 하지 않으면 안 된다는 것은
두 말할 나위가 없기 때문이다.

235

배우자의 승용차에
먼지가 많이 앉았거나 지저분한가?
'나는 당신을 사랑해.' 라는 문구와
커다란 하트를 먼지가 잔뜩 묻어 있는 차체에
손가락으로 써 놓아라. 그러나 오해를 피하기 위해
그 메시지에 자신의 이름을 써 놓아야 한다.

236

만일 배우자가 병이 들었다면,
그 앞에서 맛있는 음식을 먹지 않음으로써
사랑과 배려를 나타내 보여라.
그리고 먹는 것에 관해서는
일체 말하지 않도록 노력하라.
그러나 대신에 위장을 보호할 수 있도록
배우자에게 얼마간의 차를 끓여 주어라.

237

별이 아름답다고 하면 의심하라.
태양이 움직인다고 해도 의심하라.
진실을 거짓말일지도 모른다고 의심하라.
그러나 내가 사랑한다는 것은 의심하지 말라.

〈윌리엄 셰익스피어〉

238

✳ 여성을 위한 충고

남편이 길을 영 잘못 들었을 때
방향을 묻지 않더라도
이해를 해주는 것이 좋다.
많은 남성들은 누군가의 도움 없이도
길을 찾아갈 줄 아는
충분한 방향 감각을 갖고 있다는 것을
증명하려고 하기 때문이다.

✽ 여성을 위한 충고

남편이 이따금
술집에서 맥주를 마시기 위해
친구들을 만나야 한다는 사실을
이해해 주어야 한다.
그들은 각자
프로 축구팀 코치로서의 자질이 있다는 것을
과시하기 위해서 만나기 때문이다.
비록 한 잔의 맥주가 보통 열 잔이 넘더라도
그것에 지나치게
신경을 쓰지 않는 것이 좋다.

사랑의 하느님이 나를 당신에게 인도하였소.
〈주세페 베르디〉

241

아내가 생리일이 가까워졌을 때
지나치게 과민 반응을 보이더라도
공연히 소란을 떨 필요 없다.
아내가 아무런 뚜렷한 이유 없이 울기 시작할 때는
그냥 조용히 껴안아 주면 된다.

242

배우자가 좋아하는 책을 읽어라.
그래야만 상대방과 그것에 관해
토론을 할 수가 있다.
설사 그것은 시간 낭비라고
진정으로 생각한다 하더라도.

243

배우자와 함께 있을 때는
자신의 기분을 컨트롤하도록 노력하라.
대부분의 사람들은
자신의 기분을 사랑하는 사람에게까지
강요하는 경향이 있는데,
이것도 분명히
사랑의 증거가 아니다.

244

휴가를 얻으면,
당신 없이 배우자가 일 주일을 보내게 해주어라.
그러면,
배우자는 당신의 신뢰를
사랑의 증거로 이해할 것이다.

만약 배우자가
다른 나라에서 온 사람이라면,
상대방의 모국어를 배워야 한다.
어떠한 경우라 하더라도
그 나라의 문화와 관습에 관한 정보를
수집하지 않으면 안 된다.
배우자의 모국을 방문하는 경우뿐만 아니라,
상대방의 태생에 대한 관심을
나타내 보이기 위해서.

아내와 함께
출산 준비교실에 다니도록 하라.
그것이 따분하기 짝이 없더라도,
아내와 임신에 대해 관심을 갖고 있다는 것을
증명해 보여 줘야 한다.

247

배우자가 때때로 공연히 화를 내더라도
받아 주어라.
상대방이 긴장을 풀 수 있도록
즐겁게 해주려고 노력하라.
그러나 만약 배우자가
그런 노력을 거부하고 혼자 있기를 원하면,
섭섭하다고 내색하지 말고
그렇게 해주어라.

248

✽ 남성을 위한 충고

만약 아내가 임신을 했다고 말하면,
아내와 함께 기뻐해야 한다.
비록 당신이 아기에 대한 책임을 지는 것을
두려워하고 있는 경우라도 말이다.

249

임신을 하고 있는 동안,
아내에게 이해심을 보여 주어야 한다.
설사 아내의 신경질이
때로는 견딜 수 없을 정도로 심하더라도.
어쨌든 호르몬이 얼마나 사람을
심하게 괴롭히는가를 알게 될 테니까.

250

공연히 우울해져서
얼마 동안 혼자 있고 싶어지더라도,
일단 같이 있으면 배우자에게 가까이 다가가서
양팔로 껴안고 키스를 퍼부으면서,
공연히 화를 낸 것에 대해 용서를 빌어야 한다.
그리고 그러한 철없는 짓을
관대하게 받아준 것에 대해 감사하라.

251

왜 신문에 광고를 내지 않는가?
광고를 통해서 사랑하는 사람과 전 세계에
당신이 얼마나 배우자를
사랑하고 있는가를 말할 수 있다.
생일이나 결혼기념일 같은
특별한 경우에만 할 필요는 없다.
그러나 배우자가
그 신문을 읽는 지 확인해야 한다.

252

당신들은 주말 부부인가?
왜 주중에 방문하여
배우자를 놀라게 해주지 않는가?
그러나 헛된 여행이 되지 않도록,
배우자가 집에 있다는 것을
반드시 확인해야 할 것이다.

253

SMS를 통한 사랑의 메시지는
젊은 사람들만의 전유물이 아니다.
배우자가 휴대 전화를 통해서
당신이 사랑의 메시지를 보내리라고는
꿈에도 예상치 못할 때,
더욱 SMS를 보내야 한다.

254

배우자가 반드시 발견할 수 있는
작은 메모 쪽지를
바지나 재킷의 주머니 속에 넣어 두어라.
그 메모 쪽지에는
짧은 사랑의 고백을 써넣는다.
특히 결혼한 지 오래된 부부라면,
이런 것이 두 사람의 관계에
사랑의 활력을 불어넣는 데 도움이 된다.

255

배우자에 대한 마사지는
지나치게 난폭해서는 안 된다.
오히려 배우자의 영혼에 대한 애무로 생각하고
마사지해 주는 것이 좋다.
그리고 때때로 여러 가지 다른 타입의
애무를 섞어주는 것이 좋을 것이다.
그래야만 끝에 가서 언제든지
에로틱한 방향으로 전환할 수 있으니까.

256

두 사람 모두 설거지를 하지 않아도 되도록
식기 세척기를 구입하라.
그리고 그 식기 세척기를
'선물'로 주면서 말한다.
"이제 마침내 우리도 서로를 위해
더 많은 시간을 가질 수 있게 되었군."

257

배우자를 마사지해 주는 것은 어떨까?
그것은 생각하고 있는 것처럼
그렇게 어려운 일은 아니다.
그러나 배우자가 마사지를
고통스럽다고 할 때는 즉각 중지해야 한다.
마사지용 아몬드오일 같은
향기로운 기름을 사용하라.

258

만약 두 사람이 멀리 떨어져서 살고 있는 경우,
예를 들면, 하트 모양의 초콜릿을
배우자에게 깜짝 선물로 보낼 수 있다.
거기에는 비록 짧더라도
항상 사랑의 편지를 동봉해야 한다.

259

언제라도 원할 때
접촉을 할 수 있도록 하기 위해
배우자에게 휴대 전화를 선물하라.
자신이 배우자의 행동을 감시하고 싶어한다는
인상을 주는 것을 피하기 위해,
미리 약속해 놓은 시간에만
전화를 걸어야 한다.

260

배우자와 함께 깜짝 여행을 떠나라.
배우자의 짐을 챙겨서 자동차에 싣고,
일을 끝마친 뒤 주말 오후에
배우자를 태우고, 두 사람이 모두 좋아하는 장소나
항상 방문하기를 원하던 곳으로
드라이브를 간다. 물론 배우자에게는
사전에 한마디도 말해서는 안 된다.

261

촛불을 켜 놓고 저녁식사를 하는 동안,
배우자에게 둘이 처음 만나게 되었을 때와
처음의 즐거웠던 나날들을 상기시켜라.
그 새로운 사랑이
얼마나 아름다웠던가를 말하고,
그러나 그 다음에,
지금은 사랑이 한층 더
아름다워지게 되었다고 말한다.
왜냐하면,
그 때보다 배우자와 한층 더 가까워진 것을
느끼고 있기 때문이라고 덧붙인다.

262

나의 질투에 찬 생각으로는
감히 물어볼 수는 없다. 당신은 어디에 있으며,
당신의 사랑은 어떠냐고. 그러나 슬픈 노예처럼
나는 아무것도 생각을 할 수가 없다.
당신은 어디에 있으며,
얼마나 그들을 행복하게 해줄까 하는 생각밖에는.
〈윌리엄 셰익스피어〉

263

그의 친구/그녀의 여자친구를 받아들여라.
설사 그들을 특별히 좋아하지 않더라도 말이다.
배우자가 그 친구들과 함께
무슨 일이든 함께 하도록 하자. 대개의 경우,
배우자를 위해 그리고 당신 자신을 위해
배우자의 친구들과
사이좋게 지내는 것이 중요하다.

264

남편에게 잠자리에서의
남성다움에 대해 칭찬을 아끼지 말라.
이것은 가장 멋진 사랑의 고백이 되고,
장차 잠자리에서
남편이 계속 최선을 다하도록 만드는 데
자극이 될 것이다.

265

특별한 경사스러운 날을 기다리지 말고,
배우자에게 특별한 선물을 주어라.
맑게 개인 날에
같이 드라이브를 한다면
두 사람은 틀림없이
무척 즐거운 시간을 가질 수 있을 것이다.

266

배우자의 가족들과
좋은 관계를 유지하도록 노력하라.
일반적으로,
배우자에게는 당신이 배우자의
부모나 형제 자매들과 좋은 관계를
유지해 주는 것이 매우 중요하다.
결국 당신은
그 가족의 일원이 되어야 하고,
이미 일원이 되어 있기 때문이다.

267

아이스크림 가게에 함께 가라.
그리고 2인용 아이스크림을 주문하여
당신이 모든 것을
배우자와 함께 하고 있다는 것을 과시하라.

268

배우자 가족의 축하행사에
배우자와 함께 참석하도록 하라.
그것은 배우자와 그 가족,
따라서 배우자의 과거에
관심을 갖고 있다는 것을 나타낸다.
그리고 아마도 당신은
그 빈번하고 따분한 '의무'를 행하는 동안,
배우자의 유일한
'자랑거리'가 될 수 있을 것이다.

269

배우자가 추위를 느낄 때,
'뜨거운 인간 물병' 역할을 하는 것은 어떨까?
배우자와 자기를 담요로 꽁꽁 감싸고,
배우자를 다정하게 꼭 껴안아 주어라.

270

결혼 기념일이 돌아오면,
둘이 함께 살게 된 것에 대하여
배우자에게 감사의 말을 전하라.
그리고 결혼에 의한
부부의 공동 관계의 가장 좋은 면을 강조하고,
곤란했던 순간들에 대해서도
언급하는 것을 잊지 말라.
두 사람의 관계에서
곤란했던 시절에 초점을 맞추고,
어떻게 둘이 힘을 합쳐서
극복했는가에 대하여 얘기한다.

271

✽ 장기간 부부생활을 해온 모든 연인들에게
특별한 순간에 아직도 처음 만났던 것처럼
열렬히 사랑하고 있다는 것을 배우자에게 고백하라.
(아니면, 그 때보다 한층 더 사랑하고 있다는 것을)
설사 때때로 그렇지 않은 것처럼
생각될 때가 있다 하더라도.

272

결혼 기념일에,
두 사람이 처음 만난 것처럼 행동하라.
이것은 의심할 바 없이 배우자에게
특별한 사랑의 고백이 될 것이다.
덧붙여 말하면, 이 오래된 '게임'은
오래된 사랑에 활력을
불어넣어 줄 것이 틀림없다.

273

나는 당신을 사랑하지만
당신에게 그 말을 못 한다.
그리고 나를 사랑하느냐고 묻지도 못한다.
나는 물어보고 싶지만 감히 그러지 못한다.
나는 사랑하지만 아무 말도 하지 못하니까
한탄을 할 수도 없다.

〈호프만 폰 팔러스레벤〉

274

배우자에게
특별한 글이 새겨진 반지를 선물하라.
'영원히 당신 것이에요.' 나
'멋진 세월에 감사하며' 도 좋을 것이다.
아마도 당신은,
'당신을 사랑해.' 라고 말하는
자신만의 암호를 갖고 있을 것이다.

275

만약 배우자가 사업차 여행을 떠나거나,
다른 이유로 짧은 기간 동안
부득이하게 떨어져 지내게 되었을 때,
배우자에게 귀여운 장난감을 선물하라.
그것은 한편으로,
배우자를 나쁜 영향(다른 남자나 다른 여자)으로부터
보호해 주고, 다른 한편으로는
배우자에게 자기가 항상 생각하고 있다는 것을
일깨워주는 역할을 한다.

276

당신이나 배우자는 전화 걸기를 좋아하는가?
당신은 인터넷으로 많은 시간을 보내고 있는가?
서로를 방해하지 않고 열정을 충족시킬 수 있도록
배우자의 투 라인의 ISDN으로 접속하라.

277

다른 사람들로부터의 공격에서
항상 배우자를 보호해 주어라.
그것이 어디로부터 오는 공격이든 간에
그것은 중요하지 않다.
그것이 정당한 공격이든,
심지어는 자신도
그렇게 생각하더라도 말이다.
충성심은 부부에게
가장 중요한 사랑의 증명이다.

278

함께 산책을 나가라.
그러나 떨어져서 걸어가면 안 된다.
두 사람이 처음 만났을 때처럼,
배우자의 어깨에 팔을 걸쳐라.
서로 다른 사람의 따뜻한 체온을 느끼는 것은
두 사람 모두에게 기분 좋은 일이며,
배우자가 당신을 위해
거기에 있다는 것을 아는 것은
행복한 일이다.

279

사무실의 책상이나 집에 있는 책상 위에
배우자의 사진을 놓아두어라.
그것에 더해서, 배우자의 사진을
지갑에 넣어 가지고 다녀라.

280

배우자에게,
결코 성취할 수 없는 일을 하라고
요구해서는 안 된다.
예를 들면, 혼란스러운 사람을
단정하고 말쑥한 사람으로 바꿔 놓을 수는 없다.
이런 사실을 받아들이고,
배우자를 현재 있는 그대로
사랑하도록 노력하라.

281

✽ 남성을 위한 충고

만약 아내가 설거지하기를 싫어한다면,
최소한 가끔은 설거지를 해주어야 한다.
그러면, 아내는 더 이상 말이 필요 없는
사랑의 고백으로 받아들일 것이다.

282

만약 당신의 부모가 배우자를 비판할 경우,
충성심을 증명하기 위해서
배우자를 위해 변호를 하라.
특히 비판을 당하는 자리에 동석하고 있는 경우에.
그리고 설사 실제로 부모의 비판에
동의하고 있는 경우라도 변호해 주어라.
그러나 배우자를 제외하고는
어느 누구에게도
그런 사실을 말할 필요는 없다.

283

우리가 사랑에 빠져 있을 때보다
고통 때문에 상처를 입기 쉬울 때는 없다.

〈지크문트 프로이트〉

284

밤하늘에 유성이 흐르고 있다면,
그것을 배우자와 함께 지켜보면서
소원을 한 가지 빈다.
만약 배우자가 당신에게
무엇을 빌었느냐고 묻는다면,
대답을 하기 전에 잠시 망설이다가,
"나는 우리들이
영원히 서로를 사랑할 수 있게
해달라고 빌었어요."
하고 말한다.

285

배우자의 농담에 웃어 주어라.
특히 아무도 그 농담에 웃지 않을 때라도.
이것은 당신이 항상
배우자 편이라는 것을 나타내준다.
(설사 그 농담이 조금도 웃기지 않더라도)
그것에 더해서,
배우자는 자신이 웃음거리가 되었다고는
생각하지 않을 것이다.
실제로 농담을 했을 때,
아무도 웃어 주지 않는 것처럼
곤혹스럽고 창피한 일은 없기 때문이다.

286

내가 당신을 정말로 사랑하고 있을까?
별들에게 물어봐요.

〈카알 헤롤쏜〉

287

만약 배우자가 어떤 일이 일어났을 때
그 일로 울음을 터뜨린다면,
함께 우는 것을 주저하지 말아야 한다.
설사 배우자를 위로해 주는 것이
좋겠다는 생각이 들더라도 말이다.
울음은 그 자체가 하나의 위안이기 때문이다.
그러나 더욱 위로가 되는 것은,
자신의 감정을 이해하고
함께 울어 주는 사람이 있다는 것을
알게 되는 것이다.

288

어떤 이유로 울고 있든 간에,
배우자에게 눈물을 감추지 말라.
왜냐하면,
당신이 배우자를 신뢰하고 있으며,
약점을 굳이 숨길 필요가 없다는 것을
배우자에게 나타내 보이는 것이기 때문이다.
그 이상 더 좋은
사랑의 증거가 있을 수 있겠는가?

289

사랑하는 사람을 위해
나무를 한 그루 심어라.
그리고 배우자에게
앞으로 자신의 사랑이
커다랗게 자랄 것이라고 말하라.

290

만약 다른 사람들이 배우자를 비웃고 있다면,
거기에 동참하지 말라.
그와 반대로,
그들의 좋지 않은 태도에 대해
알아듣도록 타일러라.
(왜냐하면, 그것은 좋지 않은 태도이기 때문이다)
그리고 그런 식으로 해서
그들을 웃음거리로 만들어라.

291

배우자의 건강이 좋지 않을 때에는
친구들과의 모임이나 스포츠 이벤트에
참가하지 말라.
배우자를 위해
함께 있어 주어라.

292

악의가 있는 농담일수록
재미있다는 이야기가 있다.
그러나 그것이 배우자에 관한 것일 경우,
완전히 이야기가 다르다.
(왜냐하면, 그것은 배우자에게
깊은 상처를 줄 수 있기 때문이다)
배우자의 불행에 만족을 나타내서는
절대로 안 된다.

293

직장의 배우자에게 전화를 걸어서
놀라게 만들어라.
배우자에게 다시 만나게 되기를
얼마나 기대하고 있으며,
목소리를 듣기만 해도 얼마나 즐거운 지 모르며,
지금 얼마나 보고 싶은 지
모르겠다고 말하라.

294

전화를 거는 동안,
고전적인 사랑의 시를 낭독해 주는 것 역시
배우자의 하루에 활력소를
불어넣어 줄 것이다

295

배우자의 꿈들 가운데
하나를 실현시켜 주어라.
그것이 행글라이더의 입문 코스이든,
디즈니랜드를 방문하는 것이든,
그것은 중요하지 않다.
그것을 가능하게 만들어주는 것이 중요하다.
그러면 배우자는 틀림없이
그것을 사랑의 고백으로 받아들일 것이다.

296

아내를 손에 넣지도 못할
이상형과 비교를 해서는 안 된다.
(예를 들면, 어떻게 당신의 아내가
슈퍼 모델 같을 수가 있겠는가?)
만약 굳이 비교를 해야 한다면,
아내에게 유리한 기준을 선택해야 할 것이다.

297

사랑은
우리가 손에 넣으려고 하는 것과는
아무런 관계가 없다. 사랑은
오로지 우리 자신이
베풀기를 원하는 것과 관계가 있다.

〈캐서린 헵번〉

298

아내에게 비치는 옷감으로 만든
에로틱한 란제리(속옷류)를 선물하라.
그것을 고를 때, 자기만의 취향을 고집하지 말고,
아내의 취향을 충분히 고려하라.
만약 아내가 흰색을 좋아하고,
당신은 검은색을 더 선호한다면,
망설이지 말고
흰색 란제리를 선택해야 할 것이다

299

두 사람을 위한 새로운 반지,
커플링을 구입하라.
그 반지는 두 사람의 현재의
우정이나 결혼 반지를 대체하는 것이 아니다.
아니, 오히려 그것을 보완해 주는 것이다.

300

당신 자신과 배우자.
그리고 당신의 사랑만을 위한 주말을 계획하라.
방해를 받는 일이 없도록 하기 위해
전화기의 플러그를 뽑아 놓고,
초인종도 전류를 차단시켜 놓아라.
아침식사는 침대 속에서 함께 하고,
사랑을 나눈다.
그리고 평소에 시간이 없어서 하지 못할
모든 일들을 둘이서 함께 한다.

301

스트립쇼를 하고 싶을 때에는
배우자에게 밤에 대한 기대감을 가질 수 있도록
호기심을 불러 일으켜라.
직장에 전화를 걸어서,
퇴근하면 깜짝 놀랄 일이
기다리고 있다고 이야기해 놓는다.

302

❋ 여성을 위한 충고

때때로 배우자가 유달리 좋아하는 옷을 입어라.
비록 자신은 그 옷을 특별히 좋아하지 않더라도.

❖

우리들 대부분은
아마도 부모님께
얼마나 사랑하고 있는가를
제대로 표현하지 못한 채
살았다는 것을
발견하게 된 것이다.
그러나 이 문제를 생각해 보면,
우리는 부모님한테
너무나도 많은 은혜를
입고 있다는 것을 깨닫게 된다.
그러므로 그 방법이야 어떻든 간에,
때때로 부모님께
우리가 얼마나 사랑하고 있는가를
말해야 할 충분한 이유가 있다.

303

언제 마지막으로
부모님과 포옹을 했는가?
아주 오래 되었는가? 그렇다면,
용기를 내어서 부모님을 따뜻하게 포옹하라.
그것은 여러분의 부모님께
커다란 도움이 된다는 것은
틀림없는 사실이다.

304

만약 부모님과 가까이 살고 있다면,
좀더 자주 찾아뵈어야 한다.
부모님께 무엇인가를
부탁할 때만이 아니고 말이다.
그 방문은 짧은 시간 동안이라도 괜찮다.
결국 사랑한다는 메시지만
전달되면 되기 때문이다.

305

만약 부모님(혹은 한쪽 부모님)이
양로원에서 생활하고 있다면,
정기적으로 방문하라.
만약 일요일의 점심 시간과 티타임 사이에
가끔씩 난데없이 모습을 나타낸다면,
부모님은 분명히 버려진 것 같은
느낌을 받을 것이다.

306

부모님께,
지금까지 자신에게
베풀어 준 모든 것에 대해
감사를 담은 편지를 쓰도록 하라.

307

만일 집에 여분의 방이 있다면,
크리스마스나 추수감사절 같은
중요한 축제일에 부모님을 항상 초대하라.
그리고 부모님이 당신을 위해
그 축제일을 항상 얼마나 특별한 것으로
만들어 주었는가를 기억하라.

308

만일 자녀가 있다면,
조부모님에 대해 알 수 있도록 도와줘야 한다.
조부모님은 언제나
손자들과 만나는 것을 행복해 한다.

309

부모님께 특별한 선물을 하라.
언제나 방문하기를 원하던 곳으로
여행을 시켜 드리도록 하라.
물론 그런 여행을 견딜 만큼
건강할 때의 이야기지만 말이다.

310

이 세상은 사랑을 통해서 자유로워지고
행동을 통해서 고귀해진다.
　〈요한 볼프강 괴테〉

311

자식들의 교육 방법에 대해
늙은 부모님에게
조언을 구하는 것을 망설이지 말라.
설사 그 다음에,
부모님의 조언을 받아들이지 않기로
결정을 하더라도.
부모님은 적어도 가족의 일원이 된 것처럼
느끼고 있을 것이다.
당신 사랑의 위대한 징표이다.

312

어버이날에는 부모님을 위해
특별한 깜짝 선물을 마련하라.
온천 휴양지로 떠나는
주말 여행 같은 선물은 어떨까?

313

어려울 때는 부모님 옆에 함께 있어라.
부모님이 당신을 필요로 하고
원하던 일이 해결된 뒤라도,
그분들이 괜찮다고 할 때까지
옆에 있어야 할 것이다.

314

부모님의 잘못을 용서해 주어라.
그리고 가능하다면 그것을 잊어 버려라.
또한 부모님은 너무나 노쇠해서,
인생의 어떤 중요한 변화도
더 이상 감당해낼 수 없다는 것을 기억하라.

315

부모님이 당신을 위해 해주던 일을
이번에는 부모님을 위해 하라.
특히 부모님이 스스로 그런 일을 할
신체적인 능력이 더 이상 없을 때.
예를 들면,
매주 부모님을 위해 빨래를 할 수 있고,
방을 청소하거나,
그것이 불가능할 경우,
일상의 자질구레한 일들을 처리해 줄
파출부를 고용해야 한다.

316

설사 다른 곳에서
어떤 좋은 일이 있다 하더라도,
부모님과 한 약속은 반드시 지키도록 노력하라.

317

"이 세상에서 가장 훌륭한 아빠와 엄마에게"
라고 쓴 케이크를 만들던가,
하트 모양의 진저브레드를 사서
부모님께 선물하라.
아마 처음에는
당신은 이런 일을
다소 어색해 할지도 모르지만,
부모님은 틀림없이 기뻐할 것이다.

318

부모님 가운데 한 분이
아프시거나 할 때 애완동물을 돌봐주거나,
그럴 능력이 없을 때에는
애완동물을 돌봐줄 사람을 알아보아라.

319

특별히 축하할 일이 없더라도,
가끔씩 함께 식사를 하자고
부모님을 밖으로 모시고 나오도록 하라.
(물론 축하할 일이 없더라도, 가끔씩 함께
식사를 하자고 부모님을 밖으로 보시고 나오도록 하라.
자신의 가족들도 함께)
그런 일을 당신이 이전에는 하지 않았다면,
부모님은 처음에는 무척 놀라실 것이다.
그러나 틀림없이
그것을 무엇보다도 즐거워하실 것이다.

320

부모님이 멀리 떨어져 살고 있다면,
팩스나 e메일 같은 통신 미디어를 이용하는 데
익숙해지도록 만들어 드려라.
부모님께 팩시밀리를 선물하라.
인터넷 접속 요금을 지불해 주거나,
그것을 어떻게 사용하는 지를 가르쳐 드려라.
이런 식으로 당신은 훨씬 더 쉽게
부모님과의 접속을 유지해 갈 수 있다.

321

우리가 젊을 때,
사랑은 몹시 거칠지만,
인생의 말년만큼 강력하지는 못하다.
〈하인리히 하이네〉

322

부모님이 병에 걸리셨을 때에는
항상 그 옆에 대기하고 있어라.
(특히 그 병이 중한 경우에는)
만일 당신이 장거리 여행을 떠나야 할 경우라면,
그 기간을 단축시켜야 한다.
그리고 직장에서 휴가를 내서라도
부모님을 돌봐드려야 한다.

323

만약 부모님과 멀리 떨어져 살 경우,
당신은 손자들이 어떻게 자라고 있는가를
계속 알려드려야 한다.
부모님께 사진을 많이 보내 드리고,
아이들이 충분히 자랐으면
조부모님과 자주 전화 통화를 하도록
기회를 만들어 주어라.

324

부모님이
더 이상 할 수 없다고 느끼는 일들을
당신이 하려고 노력하라.
예를 들면, 부모님 대신에
그 지역의 관공서를 찾아간다거나,
매주 쇼핑을 대신해 준다든가,
심지어는 이웃과의 분쟁도
대신 해결해 주어라.

325

부모님이 당신에게서
아직도 어린애 같은 측면을 본다 하더라도,
곤혹스러워할 필요 없다.
당신이 아무리 나이를 먹었다 하더라도,
언제까지나 부모님의
자식이기 때문이다.

326

부모님의 외모에 대해서 칭찬을 아끼지 말라.
두 분이 얼마나 잘 어울리며,
요즘의 젊은 사람들에 대해
얼마나 이해심이 많은가 등등.
대부분의 부모님은 자녀들로부터 받는 칭찬을
다른 무엇보다도 좋아한다.

327

당신이 부모님께 나타내 보일 수 있는
가장 큰 애정의 표시는,
그분들이 더 이상
집안 일을 돌볼 능력이 없어졌을 때,
혹은 누군가의 손길을 필요로 할 때,
당신의 집으로 모시고 오는 것이다.
만일 그것이 불가능하다면,
좋은 시설의 양로원이나 양호시설을
찾아내도록 하자.
선택을 할 때에는
특별히 신중을 기해야 한다.

328

부모님께 얼마나 자신의 어린 시절을
즐겁게 해주었는가에 대해서 말씀드려라.
예를 들면,
크리스마스나 생일날과 같은 특별한 날을
항상 얼마나 큰 기대감을 갖고
기다렸는가에 대해서
부모님께 말씀드리고,
또한 바쁘더라도
자신이 부모님을 필요로 할 때는
언제나 거기에 있어 준 사실에 대해서도
감사의 말씀을 드려라.

329

자신이 어렸을 때,
부모님이 위로해 준 것처럼
부모님이 어려움을 만났을 때,
그분들을 위로해 드려라.
자신이 같이 있는 것이
부모님께서 슬픔을 극복하는 데 도움이 된다.
서슴지 말고 거기에서 밤을 지새워라.

330

부모님과 함께 웃어라.
당신이 늙어가면 늙어갈수록,
부모님과의 보다 많은
공통점을 발견하게 될 것이다.
이것은 또한 유머에도 적용이 된다.

가
장 사랑하는 자녀에게

❖

자녀는 이 세상에서
가장 소중한 존재이다.
말하자면, 우리의 미래인 것이다.
그러므로 자녀들에게 얼마나 깊이 사랑하는 지를
훨씬 더 자주 보여줘야 한다.
아이들은 보다 많은 사랑을 경험하면 할수록,
인생의 후반기에 자신의 사랑을
더욱 많이 표현할 수 있게 된다.
아마도 이것이야말로
이 세계를 보다 살기 좋은 곳으로
만드는 하나의 길일지 모른다.

331

갓난아기에게 사랑을 나타내 보이는
가장 간단한 방법은
아이가 울 때 즉각 반응하는 것이다.
그렇게 함으로써 당신과 세상에 대한
아기의 신뢰를 강화할 수 있다.

332

매일 아기를 껴안고 놀면서
얼마간의 시간을 보내야 한다.
(하루에 몇 분간이라도 괜찮다)
긴 의자나 마룻바닥이나 침대 위에
아기와 함께 나란히 누워서 함께 책을 읽고,
서로 껴안는다.

333

갓난아기와 마찬가지로 10대도
당신의 따뜻함과 애정을 필요로 한다.
10대는 겉으로는 무관심한 체 하고 있지만.
그렇기 때문에 10대 아들이나 딸을
매일 꼭 껴안아 줘야 한다.
그러나 단둘이 있는가를 확인해야 한다.
만일 다른 아이들이 두 사람이
껴안고 있는 것을 본다면,
10대의 자녀는 틀림없이 곤혹스러움을
느낄 것이다.

334

아기와 함께 베이비 마사지 코스에 참가하라.
이러한 마사지는 갓난아기를 더 할 수 없이
기분 좋게 만들어주고,
당신이 아기를
얼마나 사랑하고 있는지를 나타내준다.
그리고 이미 갓난아기가 아니더라도,
이런 식으로 자녀를
마사지해 줘야 한다.

335

나이를 먹은 아이들도 역시
마사지 받는 것을 즐긴다.
한 번 시도해 보면 어떨까?
여러분의 터치는 틀림없이 아이들을
즐겁게 해줄 것이다.

336

어렸을 때의 사랑이
인생의 절반의 냉혹한 세계에
대비하도록 해줄 수 있다.

337

자녀들이 특별히 어떤 일을 잘했다든가,
특별히 자랑스럽게 생각하는 것을
칭찬해 주어라.
비록 여러분이 보기에
그 결과가 별로 신통치 않더라도
칭찬해 주어라.
칭찬은 자녀들에게,
여러분이 사랑하고 있다는 것을
나타내 준다.

338

자녀들을 위해 매일 얼마간의 시간을 만들어라.

15분이나 그 정도가 아니라

더 많은 시간을 만들어라.

그 시간 동안만은 자녀에게만 마음을 쏟고,

함께 놀아 주고,

이야기를 들려주고,

함께 이야기를 나누고,

자녀들이 여러분에게 하고 싶은

이야기를 들어 주어라.

339

다른 사람들에게 자신의 자녀에 관해서
무자비하게 말해서는 안 된다.
만일 자녀가 그것을 듣는다면,
여러분에 대한 신뢰를 잃게 될 것이다.

340

자신의 자녀를 남의 집 자녀와
비교해서는 안 된다.
자녀는 특별한 존재이고,
특별한 재능과,
같은 또래의 다른 아이들이 할 수 없는
특별한 일을 할 수가 있다.

341

자녀가 어떤 문제나 어떤 상황을
극복하지 못할 때,
항상 용기를 북돋아주고
격려해 주어라.
아마 여러분은 그와 비슷한 나이 때,
어떻게 그런 상황을 극복할 수 있었는가를
설명해 줄 수도 있을 것이다.

342

자녀를 부모가 바라는 대로의
인간으로 만들 수는 없다.
따라서 부모는
하느님이 주시는 대로 자녀를 받아들이고
사랑하지 않으면 안 된다.

〈요한 볼프강 폰 괴테〉

343

자녀가 몸이 아플 때에는 위로해 주어라.
나이가 먹은 자녀라 하더라도
어떤 경우에는
위로를 절실히 필요로 할 때가 있다.

344

칼에 베거나 넘어져 입은 상처는 무척 아프다.
만약 자녀가 잘못하여 상처를 입었다면,
어루만져 주거나 입김을 불어 줌으로써
고통을 덜어주고,
품안에 꼭 안아 주어라.
부모의 위로가 자녀들의 고통을
곧 잊게 해줄 것이다.

345

사랑과 애정에 관련된 책을 자녀에게 사 주어라.
"나는 너를 너무너무 사랑하고 있단다." 식의
글을 써서 준다.

346

자녀를 홀로 놔두고 집에서 나갈 때에는
반드시 메모를 써서 남겨 놓아라.
"곧 돌아오마. 그 때 정말로 재미있는 놀이를 함께
하자꾸나. 사랑하는 엄마가/아빠가."

347

자녀가 원치 않는 일을
강요해서는 안 된다.
그것이 '꼭 필요한 일'이 아닌 이상은.
이것에는 병원에 간다든가,
약을 먹는다든가,
길거리에서 신호를 잘 지키는 것 등이 포함된다.

348

자녀의 소망을 다 들어줄 수는 없다.
그러나 생일날만은
자녀의 소망을 존중해 주어야 한다.
비록 그런 선물의 선택에 대해
부모가 강력히 반대를 했더라도 말이다.
물론 거기에는 주머니 사정이
그 소망을 이루어줄 수 있느냐 하는
전제가 따르기는 하지만.

349

한계를 정하는 것 역시 자녀에게
부모가 사랑하고 있다는 것을 보여 준다.
규칙을 정함으로써
부모는 자녀의 세계를 조직화시켜주고,
무엇이 옳고 무엇이 나쁜가 하는
중요한 방향 설정을 해준다.

350

아이들과 자명종시계는
쉴새없이 태엽을 감아주기만 해서는 안 된다.
우리는 그들이 풀어지도록
내버려두지 않으면 안 된다.
　〈장 폴〉

351

부모는 항상 자녀의 두려움이나 걱정거리,
필요 사항과 욕구 등을
진지하게 받아주어야 한다.

352

자녀에 대한 사랑을 나타내는
노래를 불러 주기 바란다.
부모가 그 노래를 직접 만들어도 좋은데,
그 노랫말로
자신의 모든 감정을 표현하도록 하라.

353

자녀들에게 정기적으로
사랑하고 있다는 것을
말해 주어라.
틀림없이
하루 안에는
그런 이야기를 하는데 적절하고
매우 특별한 순간이 있기 마련이다.

354

자녀가 부모에게 반대를 하고,
부모가 기대하는 것과 반대되는 일을 하거나,
하라고 지시한 것을 하지 않았을 때에도
자녀를 용서해 주어라.
자녀가 때때로 부모에게 거역하는 것은
극히 자연스러운 일이니까.

355

자녀에게 사생활을 갖도록 허용해 줘야 한다.
부모가 자녀의 사소한 일들을
모두 알고 있어야 할 필요는 없다.
그런 식으로 해서, 부모가 자녀를
믿고 있다는 것을 보여줄 수 있다.

356

자녀에게 어떤 형태의 폭력이든
절대로 사용해서는 안 된다.
'뺨을 가볍게 때리는 것'도 자녀를
적절하게 키우는 방법이 아니다.
그것은 자녀에게
어떻게 '적절하게' 행동해야 하는가를
보여주는 것이 아니라,
단지 굴욕감을 안겨줄 뿐이다.

357

자녀를 양육하는 것은
사랑으로 향하게 만드는 것이라고
나는 믿고 있다.

〈아스트리트 린드그렌〉

358

휴가 계획을 세울 때에는
자녀의 희망과 요구를 고려해야 한다.
그 때 비로소 자녀는 부모가
자신들을 이해하고 있으며,
자신들의 의견을 진지하게
받아들이고 있다는 것을 알게 된다.
그리고 자녀가 의사 결정 과정에 참여하게 되면,
틀림없이 휴가를 더욱 즐겁게
보낼 수 있을 것이다.

359

자녀의 성공에 대해 아낌없이 기뻐하라.
그것이 자녀의 인생에서
'큰' 사건이든 아니든 상관 없이.
그러한 성공은 부모의 눈에는
별로 중요하지 않은 것으로
비칠 지도 모르지만,
자녀에게는 대단히 의미 있는
일이기 때문이다.

360

최소한 하루에 한 번씩은
자녀와 함께 큰소리로 웃도록 하라.
그 웃음이 부모와 자녀 사이에 있는
거리감을 풀어주는 데
도움이 된다는 것을
알게 될 것이다.
그리고 그 웃음은
부모와 자녀의 유대를
더욱 강화시켜 준다.

361

다른 집 아이는 어떤 일을 훨씬 더 잘한다고
자녀에게 말해서는 안 된다.
여러분도 그 나이 때에는 모든 것을
완벽하게 잘하지는 못했다는 것을 기억하라.
자녀는 자신의 길을 스스로 찾아갈 것이다.

362

만약 자녀가 학교에서 왕따를 당하고 있다면,
자녀와 함께 앉아서 진지하게
문제의 해결책을 찾도록 하라.

363

자녀의 기쁨을 망치지 말라.
설사 그 아이의 태도가 마음에 들지 않더라도,
자녀의 결정을 받아들이는 법을 배우자.
그리고 자녀의 친구들을 좀더 자주
집에 초대하라. 그러면,
부모의 걱정거리가 생각한 것보다
훨씬 더 빨리 해결될 지도 모른다.

364

자녀가 첫사랑에 빠졌을 때에는
아들이나 딸을 위해 기뻐해 주어라.
그리고 자녀가 지니고 있다고 생각하는
어떤 '결점'도 무시하도록 노력하라.

365

아이는 우리가 그것에서 읽고,
그 속에 글을 써야 하는 한 권의 책이다.

〈피터 로제거〉

가림출판사 · 가림M&B · 가림Let's에서 나온 책들

바늘구멍
켄 폴리트 지음 · 홍영의 옮김

미국 추리작가 협회의 최우수 장편상을 받은 초유의 베스트 셀러로 전쟁을 통한 두 뇌싸움을 치밀하고 밀도 있게 그려낸 추리소설. 신국판 / 342쪽 / 5,300원

레베카의 열쇠
켄 폴리트 지음 · 손연숙 옮김

최고의 모험, 폭력, 음모 등 독자들의 상상을 뒤엎는 흥미진진한 켄 폴리트의 장편 추리소설. 신국판 / 492쪽 / 6,800원

암병선
니시무라 쥬코 지음 · 홍영의 옮김

인간생명의 존엄성을 지키기 위해 불의와 맞서는 시라도리 선장의 꿋꿋한 의지와 애절한 암환자들의 심리가 생생하게 묘사된 걸작. 신국판 / 300쪽 / 4,800원

첫키스한 얘기 말해도 될까
김정미 외 7명 지음

이 시대의 젊은 작가 8명이 가슴속 깊이 간직했던 나만의 소중한 이야기를 살짝 털어놓은 상큼한 비밀 이야기.
신국판 / 228쪽 / 4,000원

사미인곡 上 · 中 · 下
김충호 지음

파란만장한 일생을 보낸 정철의 생애를 통해 난세를 살아가는 우리에게 삶의 지혜와 기쁨을 선사하는 대하 역사 소설.
신국판 / 각 권 5,000원

이내의 끝자리
박수완 스님 지음

앞만 보고 살아가는 우리에게 자신을 뒤돌아볼 수 있는 여유를 갖게 해주는 승려시인의 가슴을 울리는 주옥 같은 시집.
국판변형 / 132쪽 / 3,000원

너는 왜 나에게 다가서야 했는지
김충호 지음

세상에 대한 사랑의 아픔, 그리움, 영혼에 대한 고뇌를 달래야 했던 시인이 살아 있는 영혼을 지닌 이들에게 전하는 사랑의 메시지. 국판변형 / 124쪽 / 3,000원

세계의 명언
편집부 엮음

위인이나 유명인들의 글, 연설문 혹은 각국의 속담을 통하여 지난날을 되새겨보고 오늘을 반성하는 교과서로서, 그리고 미래를 설계하는 참고서로서 역할을 해줄 것이다. 신국판 / 322쪽 / 5,000원

여자가 알아야 할 101가지 지혜
제인 아서 엮음 · 지창국 옮김

독신의 삶을 청산하려는 이들이 알아야 할 유용하고 상상력 풍부한 힌트로 가득찬 감동의 메시지. 4 · 6판 / 132쪽 / 5,000원

현명한 사람이 읽는 지혜로운 이야기
이정민 엮음

현대를 살아가는 우리들에게 삶의 가치를 부여해주고 자기 성찰의 기회를 갖게 해준다. 신국판 / 236쪽 / 6,500원

성공적인 표정이 당신을 바꾼다
마츠오 도오루 지음 · 홍영의 옮김

자신뿐만 아니라 주위 사람들의 마이너스 사고를 플러스 사고로 바꾸어서 사람의 마음을 움직이며, 사람의 마음에 남는 최고의 웃는 얼굴을 만드는 비법 총망라!
신국판 / 240쪽 / 7,500원

태양의 법
오오카와 류우호오 지음 · 민병수 옮김

한사람 한사람의 인간이 깨달음을 추구하

고 영적으로 깨우치기 위한 명확한 방향을
제시. 신국판 / 246쪽 / 8,500원

영원의 법
오오카와 류우호오 지음 · 민병수 옮김

일찍이 설해졌던 적도 없고 앞으로도 설해
지지 않을 구원의 진리를 한 권의 책에 이
론적 형태로 응축한 기본 삼법의 완결편.
신국판 / 240쪽 / 8,000원

석가의 본심
오오카와 류우호오 지음 · 민병수 옮김
석가모니의 사고방식을 현대인들에 맞게
쓴 책. 현대인들이 친근하게 석가모니에게
다가설 수 있는 방법 제시.
신국판 / 246쪽 / 10,000원

옛 사람들의 재치와 웃음
강형중 · 김경익 편저

옛 사람들의 재치와 해학을 통해 한문의
묘미를 터득하고 한자를 재미있게 배우며
유머감각까지 높일 수 있는 일석삼조의 효
과 만점. 신국판 / 316쪽 / 8,000원

지혜의 쉼터
쇼펜하우어 지음 · 김충호 엮음

쇼펜하우어의 철학체계를 통하여 풍요로
운 삶의 지혜를 얻고 기쁨을 얻을 수 있도
록 꾸며 놓은 철학이야기.
4 · 6판 양장본 / 160쪽 / 4,300원

헤세가 너에게
헤르만 헤세 지음 · 홍영의 엮음

순수한 애정과 자유를 갈구하는 헤세의 아
름다운 세상을 통한 깨끗한 정신세계를 공
유할 수 있는 기회를 제공.
4 · 6판 양장본 / 144쪽 / 4.500원

사랑보다 소중한 삶의 의미
크리슈나무르티 지음 · 최윤영 엮음

인간의 정신적 사고의 구조와 본질을 규명
하여 인간의 삶에 대한 가장 완벽한 해답
을 제시. 신국판 / 180쪽 / 4,000원

장자-어찌하여 알 속에 털이 있다 하는가
홍영의 엮음

동양 사상의 저변에 흐르고 있는 자연에의
경외감을 유감없이 표현한 장자를 통하여
인간 본연의 자세로 돌아가 나를 돌아보는

계기를 만들어 주는 책.
4 · 6판 / 180쪽 / 4,000원

논어-배우고 때로 익히면 즐겁지 아니한가
신도회 엮음

인간에게 필요불가결한 윤리와 도덕생활
의 교훈들을 평이한 문체로 광범위하게 집
약한 논어의 모든 것!!
4 · 6판 / 180쪽 / 4,000원

맹자-가까이 있는데 어찌 먼 데서 구하려 하는가
홍영의 엮음

반성과 자책을 통해 잃어버린 양심을 수습
하고 선으로 복귀할 것을 천명하는 맹자
사상의 집대성!!
4 · 6판 / 180쪽 / 4,000원

건 강

식초건강요법
건강식품연구회 엮음 · 신재용(해성한의원
원장) 감수

가장 쉽게 구할 수 있고 경제적인 식품이
면서 상상할 수 없을 정도로 뛰어난 약효
를 지닌 식초의 모든 것을 담은 건강지침
서! 신국판 / 226쪽 / 6,000원

아름다운 피부미용법
이순회(한독피부미용학원 원장) 지음

피부조직에 대한 기초 이론과 우리 몸의
생리를 알려줌으로써 아름다운 피부, 젊은
피부를 오래 유지할 수 있는 비결 제시!
신국판 / 296쪽 / 6,000원

버섯건강요법
김병각 외 6명 지음

종양 억제율 96.7%를 나타내는 기적의 약
용버섯 등을 통하여 암을 치료하고 비만,
당뇨, 고혈압, 동맥경화 등 각종 성인병 예
방을 위한 생활 건강 지침서!
신국판 / 290쪽 / 8,000원

성인병과 암을 정복하는 유기게르마늄
이상현 편저 · 캬오 샤오이 감수

새로운 치료제인 유기게르마늄을 통한 성
인병 및 암 치료에 대해 상세히 소개.

신국판 / 312쪽 / 9,000원

난치성 피부병

생약효소연구원 지음

현대의학으로도 치유불가능했던 난치성 피부병인 건선·아토피(태열)의 완치요법이 수록된 건강 지침서.
신국판 / 232쪽 / 7,500원

新 방약합편

정도명 편역

약물의 성질과 효능을 쉽게 꾸며 놓아 자신의 병을 알고 증세에 맞춰 스스로 처방할 수 있게 해주며, 증상과 처방에 따라 가정에서 조제할 수 있는 보약 506가지 수록.
신국판 / 420쪽 / 15,000원

자연치료의학

오홍근(신경정신과 의학박사·자연의학박사) 지음

대한민국 최초의 자연의학박사가 밝힌 신비의 자연치료의학으로 자연산물을 이용하여 부작용 없이 치료하는 건강 생활 비법 공개!!   신국판 / 480쪽 / 15,000원

약초의 활용과 가정한방

이인성 지음

가정에서도 주변의 흔한 식물과 약초를 활용하여 각종 질병을 간편하게 예방·치료법 제시.   신국판 / 384쪽 / 8,500원

역전의학

이시하라 유미 지음·유태종 감수

일반상식으로 알고 있는 건강상식에 대해 전혀 새로운 관점에서 비판하고 아울러 새로운 방법들을 제시한 건강 혁명 서적!!
신국판 / 290쪽 / 8,500원

이순희식 순수피부미용법

이순희(한독피부미용학원 원장) 지음

자신의 피부에 맞는 관리법을 제시하고 책 속 부록으로 천연팩 재료 사전과 피부 타입별 팩 고르기.   신국판 / 304쪽 / 7,000원

21세기 당뇨병 예방과 치료법

이현철(연세대 의대 내과 교수) 지음

세계 최초 유전자 치료법을 개발한 저자가 당뇨병과 대항하여 가장 확실하게 이길 수 있는 당뇨병에 대한 올바른 이론과 발병시 대처 방법을 알기 쉽게 상세히 수록!
신국판 / 360쪽 / 9,500원

신재용의 민의학 동의보감

신재용(해성한의원 원장) 지음

주변의 흔한 먹거리를 이용하여 신비의 명약이나 보약으로 활용할 수 있는 건강 지침서로서 저자가 TV나 라디오에서 다 밝히지 못한 한방 및 민간요법까지 상세히 수록!!   신국판 / 480쪽 / 10,000원

치매 알면 치매 이긴다

배오성(백상한방병원 병원장) 지음

자연의 생기를 빨아들이면서 마음을 다스리는 B.O.S.요법과 한약 처방을 병행하여 치매를 치유하는 획기적인 치유법 제시.
신국판 / 312쪽 / 10,000원

21세기 건강혁명 밥상 위의 보약 생식

최경순 지음

항암식품으로, 아름다운 몸매를 유지하면서 할 수 있는 다이어트식으로, 젊고 탄력적인 피부를 유지할 수 있게 해주는 자연식으로의 생식을 소개하여 현대인들의 건강 길라잡이가 되도록 하였다.
신국판 / 348쪽 / 9,800원

기치유와 기공수련

윤한홍(기치유 연구회 회장) 지음

누구나 개발할 수 있고 활용할 수 있는 기수련 방법과 기치유 개발 방법을 자세하게 소개.   신국판 / 340쪽 / 12,000원

만병의 근원 스트레스 원인과 퇴치

김지혁(김지혁한의원 원장) 지음

만병의 근원인 스트레스를 속속들이 파헤치고 예방법까지 속시원하게 제시!!
신국판 / 324쪽 / 9,500원

김종성 박사의 뇌졸중 119

김종성 지음

뇌졸중 분야의 최고 권위자인 저자가 일상생활에서의 건강관리부터 환자간호에 이르기까지 뇌졸중의 예방, 치료법 등을 명쾌하게 해설.   신국판 / 360쪽 / 12,000원

탈모 예방과 모발 클리닉

장정훈·전재홍 지음

미용적인 측면과 우리가 일상적으로 고민

하고 궁금해 하는 털에 관한 내용들을 예들을 들어가면서 흥미롭게 구성.
신국판 / 252쪽 / 8,000원

구태규의 100% 성공 다이어트
구태규 지음

하이틴 영화배우의 다이어트 체험서. 저자만의 다이어트법을 제시하면서 바람직한 다이어트에 대해서도 알려준다. 건강하게 날씬해지고 싶은 사람들을 위한 필독서!　4 · 6배판 변형 / 240쪽 / 9,900원

암 예방과 치료법
이춘기 지음

암환자와 가족들을 위해서 암의 치료방법에서부터 합병증의 예방 및 암이 생기기 전에 알 수 있는 방법에 이르기까지 상세하게 해설해 놓은 책.
신국판 / 296쪽 / 11,000원

알기 쉬운 위장병 예방과 치료법
민영일 지음

위와 관련 기관들의 여러 질환을 발병 원인, 증상, 치료법을 중심으로 알기 쉽게 해설해 놓은 건강서.
신국판 / 328쪽 / 9,900원

이온 체내혁명
노보루 야마노이 지음 · 김병관 옮김

음이온의 생성, 음이온이 많은 환경, 음이온이 건강에 미치는 영향 등 음이온을 통해 건강을 돌볼 수 있는 방법 제시.
신국판 / 268쪽 / 9,500원

어혈과 사혈요법
정지천 지음

침과 부항요법 등을 사용하여 질병을 다스리는 법, 특히 우리 주변에서 흔하게 접할 수 있는 각 질병의 상황별 처치를 혈자리 그림과 함께 상세하고 쉽게 해설.
신국판 / 308쪽 / 12,000원

약손 경락마사지로 건강미인 만들기
고정환 지음

동양의학의 핵심 경락과 민족 고유의 정신 약손을 결합시켜 새로운 마사지 형태로 탄생시킨 약손 성형경락 마사지로 수술하지 않고도 자신이 원하는 부위를 고치는 방법을 제시하는 건강 미용서.
4×6배판 변형 / 284쪽 / 15,000원

정유정의 LOVE DIET
정유정 지음

뚱뚱한 자신의 현실을 있는 그대로 받아들이고 당당하게 나에게 맞는 맞춤 다이어트 방법 제시. 저자의 고통스러웠던 다이어트 체험담이 실려 있어 이것을 바탕으로 나만의 다이어트 계획을 세울 수 있을 것이다.
4×6배판 변형 / 196쪽 / 11,000원

머리부터 발끝까지 예뻐지는 부분 다이어트
신상만 · 김선민 지음

한약을 먹거나 침을 맞아 살을 빼는 방법, 아로마요법을 이용한 다이어트법, 운동을 이용한 부분비만 해소법 등 한의학적 입장에서 날씬하고 예쁜 몸매를 만들 수 있는 법 제시.　4×6배판 변형 / 202쪽 / 11,000원

교　육

우리 교육의 창조적 백색혁명
원상기 지음

자라나는 새싹들이 기본적인 지식과 사고를 종합적 · 창조적으로 발전시켜 창조적인 사고능력을 배양할 수 있도록 한 교육 지침서.　신국판 / 206쪽 / 6,000원

육아아이디어 263
생활컨설턴트그룹 엮음 · 한양심 옮김

세상에서 가장 예쁘고 소중한 우리 아기에게 언제나 여유로우면서도 무슨 일이든 척척 처리하는 현명한 신세대 엄마가 되기 위한 최신 육아 정보 수록!
신국판 / 318쪽 / 6,000원

현대생활과 체육
조창남 외 5명 공저

각종 현대병의 원인과 예방 및 운동요법에 대한 이론과 요즘 각광받는 골프 · 스키 · 볼링 등의 레저스포츠 부분까지 총망라!!
신국판 / 340쪽 / 10,000원

퍼펙트 MBA
IAE유학네트 지음

Top MBA로 가는 방법 및 에세이를 쉽게 작성할 수 있는 작성법 제시.

신국판 / 400쪽 / 12,000원

유학길라잡이 I - 미국편

IAE유학네트 지음

미국의 교육제도 및 유학을 가기 위해서 준비해야 할 절차, 미국 현지 생활 정보, 최신 비자정보 등을 한눈에 볼 수 있는 유학길잡이. 4·6배판 / 372쪽 / 13,900원

유학길라잡이 II - 4개국편

IAE유학네트 지음

영국·캐나다·호주·뉴질랜드의 현지 정보·교육제도 및 각 국가별 학교의 특화된 교육내용 완전 수록!!
4·6배판 / 348쪽 / 13,900원

조기유학길라잡이.com

IAE유학네트 지음

영어권 나라의 교육제도 및 학교별 데이터를 완벽하게 수록하여 유학정보서의 질을 한 단계 상승시킨 결정판!!
4·6배판 / 428쪽 / 15,000원

현대인의 건강생활

박상호 외 5명 공저

건강과 체력 증진을 위한 기본상식, 노인과 건강 등 이론과 스쿼시·스키·윈드 서핑 등 레저스포츠 등의 실기로 이루어진 알찬 내용 수록. 4·6배판 / 268쪽 / 15,000원

천재아이로 키우는 두뇌훈련

나카마츠 요시로 지음 · 민병수 옮김

머리가 좋은 아이로 키우기 위한 환경 만들기, 식사, 운동 등 연령별 두뇌 훈련법 소개. 국판 / 288쪽 / 9,500원

취미 · 실용

김진국과 같이 배우는 와인의 세계

김진국 지음

포도주에 관한 일반인의 관심사와 함께 와인의 유통과 소비, 와인 시장의 현황과 전망, 와인소매점과 레스토랑 종사자들을 겨냥, 와인 판매 요령, 와인의 보관과 재고의 회전뿐만 아니라 고객에게 와인을 권하고 추천할 수 있는 능력의 배양법 수록. '와인

양조 비밀의 모든 것'을 동영상으로 제작한 CD수록
국배판 변형양장본(올 컬러판) / 208쪽 / 30,000원

경제 · 경영

CEO가 될 수 있는 성공법칙 101가지

김승룡 편역

미래의 CEO를 위한 획기적인 경영실용서. 리더로서의 역할과 책임에 대한 명확한 해답 제시. 신국판 / 320쪽 / 9,500원

정보소프트

김승룡 지음

홍수처럼 쏟아지는 정보를 수집·분석하여 효과적으로 활용하는 방법을 총망라한 정보 전략 완벽 가이드!!
신국판 / 324쪽 / 6,000원

기획대사전

다카하시 겐코 지음 · 홍영의 옮김

기획에 관련된 모든 사항을 실례와 도표를 통하여 초보자에서 프로기획맨에 이르기까지 효율적으로 활용할 수 있도록 체계적으로 총망라. 신국판 / 556쪽 / 19,500원

맨손창업 · 맞춤창업 BEST 74

양혜숙 지음

유망업종을 7가지 주제별로 나누어 수록한 맞춤창업서로 창업예비자들에게 창업의 길을 밝혀줄 발로 뛰면서 만든 실무 지침서!! 신국판 / 416쪽 / 12,000원

무자본, 무점포 창업! FAX 한 대면 성공한다

다카시로 고시 지음 · 홍영의 옮김

완벽한 FAX 활용법을 제시하여 가장 적은 자본으로 창업하려는 예비자들에게 큰 투자를 필요로 하지 않으면서 성공을 이끌어주는 길라잡이가 되는 실무 지침서.
신국판 / 226쪽 / 7,500원

성공하는 기업의 인간경영

중소기업 노무 연구회 편저 · 홍영의 옮김

무한경쟁시대에 각 기업의 효율을 높이고 발전을 이룰 수 있는 원칙을 제시.

신국판 / 368쪽 / 11,000원

21세기 IT가 세계를 지배한다

김광희 지음

IT혁명의 경쟁력에 대해서 일반인들도 쉽게 이해할 수 있도록 전문가의 논리적이고 철저한 해설과 더불어 실제 사례 수록.

신국판 / 380쪽 / 12,000원

경제기사로 부자아빠 만들기

김기태 · 신현태 · 박근수 공저

경제기사를 꼼꼼히 챙겨보는 사람만이 현대 생활에서 부자가 될 수 있다. 언론인의 현장 감각과 학자의 전문성을 접목시킨 준비된 생활경제서적. 신국판 / 388쪽 / 12,000원

포스트 PC의 주역 정보가전과 무선인터넷

김광희 지음

포스트 PC의 주역으로 급부상하고 있는 정보가전과 무선인터넷 그리고 이를 구현하기 위한 관련 테크놀러지를 체계적으로 소개. 신국판 / 356쪽 / 12,000원

성공하는 사람들의 마케팅 바이블

채수명 지음

마케팅의 A에서 Z까지 마케팅의 정보전략, 핵심요소, 컨설팅실무까지 저자의 노하우와 창의적인 이론이 결합된 마케팅서.
신국판 / 328쪽 / 12,000원

느린 비즈니스로 돌아가라

사카모토 게이이치 지음 · 정성호 옮김

미국식 스피드 경영에 익숙해져 현실의 오류를 간과하고 있는 대기업, 중소기업, 조그맣게 자기 가게를 하고 있는 사람들을 위한 어떻게 팔 것인가보다 무엇을 팔 것인가를 차분히 설명하는 마케팅 컨설턴트의 대안 제시서! 신국판 / 276쪽 / 9,000원

적은 돈으로 큰돈 벌 수 있는 부동산 재테크

이원재 지음

700만 원으로 부동산 재테크에 뛰어들어 100배 불린 저자가 부동산 재테크를 계획하고 있는 사람들이 반드시 알아두어야 할 내용을 경험담을 담아 해설해 놓은 경제서. 신국판 / 340쪽 / 12,000원

바이오혁명

이주영 지음

21세기 국가간 경쟁부문으로 새로이 떠오르고 있는 바이오혁명에 관한 기초지식을 언론사에 몸담고 있는 현직 기자가 아주 쉽게 해설해 놓은 바이오 가이드서.
신국판 / 328쪽 / 12,000원

두뇌혁명

나카마츠 요시로 지음 · 민병수 옮김

『뇌내혁명』의 저자 하루야마 시게오의 추천작. '뇌'와 '몸'을 자극하여 건강을 증진하고 마음이 풍요로운 인생을 얻을 수 있는 방법을 제시한 두뇌 개발서.
4 · 6판 양장본 / 292쪽 / 12,000원

성공하는 사람들의 자기혁신 경영기술

채수명 지음

건전한 인맥 만들기, 재테크, 시간 창출과 취미활동, 이미지 연출과 스트레스 해소를 위한 건강관리 등 자기 계발을 통해 이 시대의 성공인이 되기 위한 방법을 자세하게 알려주는 자기계발 지침서.
신국판 / 344쪽 / 12,000원

주 식

개미군단 대박맞이 주식투자

홍성걸(한양증권 투자분석팀 팀장) 지음

초보에서 인터넷을 활용한 주식투자까지 필자의 현장에서의 경험을 바탕으로 한 주식 성공전략의 모든 정보 수록.
신국판 / 310쪽 / 9,500원

알고 하자! 돈되는 주식투자

이길영 외 2명 공저

일본과 미국의 주식시장을 철저한 분석과 데이터화를 통해 한국 주식시장의 투자의 흐름을 파악함으로써 한국 주식시장에서의 확실한 성공전략 제시!!
신국판 / 384쪽 / 12,500원

항상 당하기만 하는 개미들의 매도 · 매수타이밍
999% 적중 노하우

강경무 지음

승부사를 꿈꾸며 와신상담하는 모든 이들에게 희망의 등불인 Jusicman이 주식시장에서 돈벌고 성공할 수 있는 비결 전격공개!! 신국판 / 336쪽 / 12,000원

부자 만들기 주식성공클리닉
이창희 지음

주식투자에 성공하기 위해서는 자신만의
투자철학을 가지고 적기투자를 해야 한다
는 철학 아래 저자의 경험담을 섞어서 주
식이란 무엇인가를 풀어서 써놓은 주식입
문서.　신국판 / 372쪽 / 11,500원

선물 · 옵션 이론과 실전매매
이창희 지음

선물과 옵션시장에서 일반인들이 실패하
는 원인을 분석하고, 반드시 지켜야 할 투
자원칙에 따라 유형별로 실전 매매 테크닉
을 터득함으로써 투자를 성공적으로 할 수
있게 한 지침서!!　신국판 / 372쪽 / 12,000원

너무나 쉬워 재미있는 주가차트
홍성무 지음

주가차트에서 급소를 신속, 정확하게 뽑아
내 매매타이밍을 잡는 방법을 알려주는 주
식투자 지침서.　4 · 6배판 / 216쪽 / 15,000원

역 학

역리종합 만세력
정도명 편저

피흉취길해 나갈 수 있는 생활의 지침서!!
현존하는 만세력 중 최장 기간을 수록.
신국판 / 532쪽 / 10,500원

작명대전
정보국 지음

좋은 이름 짓는 원리를 체계적으로 공식화한
"쉽게 짓는 작명법"으로 스스로 작명할 수 있
도록 한글 소리 발음에 입각한 작명의 원리를
밝힌 길라잡이.　신국판 / 460쪽 / 12,000원

하락이수 해설
이천교 편저

점서학인 하락이수를 직역으로 풀어 놓아
원작자의 깊은 뜻을 원형 그대로 전달하고
원문을 공부하려는 사람들에게 도움이 되
는 해설서.　신국판 / 620쪽 / 27,000원

현대인의 창조적 관상과 수상
백운산 지음

관상학을 터득하여 적절히 운명에 대처해
나감으로써 어느 분야에서든지 성공적인
삶을 누릴 수 있는 비법을 전해주는 책.
신국판 / 344쪽 / 9,000원

대운용신영부적
정재원 지음

수많은 역사와 신비로운 영험을 지닌 1,000
여 종의 부적과 저자가 수십 년간 연구 ·
개발한 200여 종의 부적들을 집대성한 국
내 최대의 영부적이다.
신국판 양장본 / 750쪽 / 39,000원

사주비결활용법
이세진 지음

운명의 숨겨진 비밀을 꿰뚫어 보는 신녹현
사주 방정식의 모든 것을 수록.
신국판 / 392쪽 / 12,000원

컴퓨터세대를 위한 新 성명학대전
박용찬 지음

태어난 아기 이름은 물론 개명 · 상호 · 아
호 짓는 법까지 사람이 살아가면서 필요한
이름 짓기를 모두 수록.
신국판 / 388쪽 / 11,000원

길흉화복 꿈풀이 비법
백운산 지음

30년이 넘는 세월을 역학에 몸담으면서 터
득한 꿈과 관련된 해몽들을 길몽과 흉몽을
구분하여 그림과 함께 보기 쉽게 수록.
신국판 / 410쪽 / 12,000원

새천년 작명컨설팅
정재원 지음

독자들이 정말 이해하기 쉽도록 구성된 신
세대 부모를 위한 쉽고 좋은 아기 이름만들
기의 결정판. 더불어 개명 · 상호명 · 회사
명 · 상품명등을 손쉽게 지을 수 있는 작명
비법 제시.　신국판 / 470쪽 / 13,000원

백운산의 신세대 궁합
백운산 지음

남녀궁합 보는 법뿐만 아니라 인간관계,
출세, 재물, 자손문제, 건강문제, 성격, 길
흉관계 등을 미리 규명할 수 있도록 쉽게
풀어놓은 책. 신국판 / 304쪽 / 9,500원

동자삼 작명학
남시모 지음

최초의 한글 성명학으로 한글의 독창성·우수성·과학성을 운명철학 차원에서 검증한, 한국사람에게 알맞은 이름을 한글이름으로 지을 수 있는 작명비법 제시.
신국판 / 496쪽 / 15,000원

구성학의 기초
문길여 지음

운명을 새롭게 변화시키는 방위학의 모든 것을 통하여 개인의 일생운·결혼운·사고운·가정운·부부운·자식운·출세운을 성공적으로 이끄는 비법 공개.
신국판 / 412쪽 / 12,000원

법률 일반

여성을 위한 성범죄 법률상식
조명원(변호사) 지음

성희롱에서 성폭력범죄까지 여성이기 때문에 특히 말 못하고 당해야 했던 성범죄 법률상식서. 사례별 법적 대응방법 제시.
신국판 / 248쪽 / 8,000원

아파트 난방비 75% 절감방법
고영근 지음

잘못 부과된 아파트 난방비를 최고 75%까지 줄일 수 있는 방법을 구체적인 법적 근거를 토대로 작성한 아파트 난방비 절감방법 제시.　신국판 / 238쪽 / 8,000원

일반인이 꼭 알아야 할 절세전략 173선
최성호(공인회계사) 지음

현직 공인중계사가 알려주는 합법적으로 세금을 덜 내고 돈을 버는 절세전략의 모든 것!　신국판 / 392쪽 / 12,000원

변호사와 함께하는 부동산 경매 닷컴
최환주(변호사) 지음

경매재테크의 성공을 위한 입찰준비에서 낙찰까지의 경매 입찰 테크닉을 경매 전문 변호사가 명쾌하게 해설한 실전 경매 완벽 가이드서.　신국판 / 368쪽 / 11,000원

혼자서 쉽고 빠르게 할 수 있는 소액재판
김재용·김종철 공저

나홀로 소액재판을 할 수 있도록 소장작성에서 판결까지의 실제 재판과정을 상세하게 수록.　신국판 / 312쪽 / 9,500원

"술 한 잔 사겠다"는 말에서 찾아보는 채권·채무
변환철 지음

채권·채무 전문 변호사가 속시원하게 구수한 문장력으로 해설해주는 일반인들이 꼭 알아야 할 채권·채무에 관한 법률 사항을 빠짐없이 수록.
신국판 / 408쪽 / 13,000원

알기쉬운 부동산 세무 길라잡이
이건우 지음

부동산에 관련된 모든 세금을 알기 쉽게 단계별로 해설. 합리적인 적법한 절세법 제시.　신국판 / 400쪽 / 13,000원

알기쉬운 어음, 수표 길라잡이
변환철(변호사) 지음

어음, 수표의 발행에서부터 사고 어음, 수표의 처리방법에 이르기까지 어음, 수표 관련 법률사항을 쉽고도 상세하게 설명, 한 권으로 압축해 놓은 생활법률서.
신국판 / 332쪽 / 11,000원

제조물책임법
강동근·윤종성 공저

제품의 설계, 제조, 표시상의 결함으로 소비자가 피해를 입었을 때 배상책임을 겨야 하는 제조업자가 갖춰야 할 법률적 지식을 조목조목 설명해 놓은 법률서.
신국판 / 368쪽 / 13,000원

생활법률

부동산 생활법률의 기본지식
대한법률연구회 지음·김원중 감수

부동산관련 기초지식과 분쟁해결을 위한 노하우, 테크닉을 제시하고 권두 특집으로 주택건설종합계획과 부동산 관련 정부 주요 시책을 소개하였다.
신국판 / 480쪽 / 12,000원

가 및 판결에 의한 호적정정절차, 친권 · 후견절차, 실종선고 · 부재선고절차 및 신고서식 작성요령과 구비할 서류 및 재판절차에 대하여 자세히 설명.
신국판 / 516쪽 / 14,000원

상속과 세금 생활법률의 기본지식
박동섭 지음

상속을 둘러싸고 형제간, 부모자식간에 다툼이 갈등이 있을 때 상속재산분할, 상속회복청구, 유류분반환청구, 상속세부과처분취소 등 상속관련 사건들을 해결하는 데 도움이 되도록 상속법과 상속세법을 상세하게 함께 수록. 신국판 / 480쪽 / 14,000원

담보 · 보증 생활법률의 기본지식
류창호 지음

내가 돈을 빌리기 위해 또는 다른 사람이 돈을 빌리기 위해 담보를 제공하거나 보증을 섰는데 문제가 생겼을 때의 해결방법을 법조항 설명과 함께 실례를 실어 알아 본다. 신국판 / 436쪽 / 14,000원

처 세

성공적인 삶을 추구하는 여성들에게 우먼파워
조안 커너 · 모이라 레이너 공저, 지창영 옮김

사회의 여성을 향한 냉대와 편견의 벽을 깨뜨리고 성공적인 삶을 이루려는 여성들이 갖추어야 할 자세 및 삶의 이정표 제시!! 신국판 / 352쪽 / 8,800원

聽 이익이 되는 말 話 손해가 되는 말
우메시마 미요 지음 · 정성호 옮김

직장이나 집안에서 언제나 주고받는 일상의 화제를 모아 실음으로써 대화의 참의미를 깨닫고 비즈니스를 성공적으로 이끌기 위한 대화술을 키우는 방법 제시!!
신국판 / 304쪽 / 9,000원

성공하는 사람들의 화술테크닉
민영욱 지음

개인간의 사적인 대화에서부터 대중을 위한 공적인 강연에 이르기까지 어떻게 말하고 어떻게 스피치할 것인가를 경험이 섞인

이론 제시를 통해 알려 준다.
신국판 / 320쪽 / 9,500원

부자들의 생활습관 가난한 사람들의 생활습관
다케우치 야스오 지음 · 홍영의 옮김

경제학의 발상을 기본으로 하여 사람들이 살아가면서 생활에서 생각해 볼 수 있는 이익을 보는 생활습관과 손해를 보는 생활습관을 수록, 독자 자신에게 맞는 생활습관의 기본 전략을 설계할 수 있도록 제시.
신국판 / 320쪽 / 9,800원

코끼리 귀를 당긴 원숭이
-히딩크식 창의력을 배우자
강충인 지음

코끼리와 원숭이의 우화를 히딩크의 창조적 경영기법과 리더십에 대비하여 자기혁신, 기업혁신을 꾀하는 창의력 개발법을 제시. 신국판 / 208쪽 / 8,500원

성공하려면 유머와 위트로 무장하라
민영욱 지음

21세기에 들어 새로운 추세를 형성하고 있는 말 잘하기. 현재 스피치 강사로 활약하고 있는 저자가 말을 잘하는 방법과 유머와 위트를 만들고 즐기는 방법을 제시.
신국판 / 292쪽 / 9,000원

명 상

명상으로 얻는 깨달음
달라이 라마 지음 · 지창영 옮김

티베트의 정신적 지도자이자 실질적 지도자인 달라이 라마와 함께 풀어보는 인내에 대한 이야기. 국판 / 320쪽 / 9,000

어 학

2진법 영어
이상도 지음

영어학습의 대혁명!!
2진법 영어의 비결을 통해서 기존 영어학습

방법의 단점을 말끔히 해소시켜 주는 최초
로 공개되는 고효율 영어학습 방법.
4 · 6배판 변형 / 328쪽 / 13,000원

한 방으로 끝내는 영어

고제윤 지음

일상생활에서의 이야기를 바탕으로 하는
영어강의로 영어문법은 재미없고 지루하
다고 생각하는 이 땅의 모든 사람들의 상
식을 깨면서 학습 효과를 높이기 위한 공
부방법을 제시하는 새로운 영어학습서.
신국판 / 316쪽 / 9,800원

한 방으로 끝내는 영단어

김승엽 지음 / 김수경 · 카렌다 감수

일상생활에서 우리가 무심코 던지는 영어
한마디가 당신의 영어수준을 드러낸다는
사실을 깨닫게 하는 영어 실용서. 풍부한
예문 수록.   4 · 6배판 변형 / 236쪽 / 9,800원

테마별 고사성어로 익히는 한자

김경익 지음

세글자, 네글자로 이루어진 고사성어를 통
해 실용한자를 익히고 성어 속에 담긴 의
미도 오늘에 맞게 재해석 해보는 한자 학
습서   4 · 6배판 변형 / 248쪽 / 9,800원

해도해도 안 되던 영어회화

하루에 30분씩 90일이면 끝낸다

Carrot Korea 편집부 지음

온라인과 오프라인을 넘나들면서 영어학
습자들의 각광을 받고 있는 린다의 현지
생활 영어 수록. 생생한 실생활 영어를 90
일 학습으로 모두 끝낼 수 있다.
4 · 6배판 변형 / 256쪽 / 11,000원

바로 활용할 수 있는 기초생활영어

김수경 지음

다양한 상황에 대처할 수 있도록 인사나 감
정 표현, 전화나 교통, 장소 및 기타 여러
사항에 관한 기초생활영어를 총망라.
신국판 / 240쪽 / 10,000원

스포츠

수열이의 브라질 축구 탐방 삼바 축구, 그들은 강하다

이수열 지음

브라질 축구팀에 애정을 가지고 브라질 축
구팀의 전력 및 각 선수들의 장단점을 나
름대로 분석하고 연구하여 자신의 의견을
피력하고 있는 축구 길라잡이서.
신국판 / 280쪽 / 8,500원

마라톤, 그 아름다운 도전을 향하여

빌 로저스 · 프리실라 웰치 · 조 헨더슨 공
저, 오인환 감수, 지창영 옮김

마라톤에 입문하고자 하는 초보 주자들을
위한 마라톤 가이드서. 올바르게 달리는
법, 음식 조절법, 달리기 전 준비운동, 주
자에게 맞는 프로그램 짜기, 부상 예방법
을 상세하게 설명하고 있다.
4 · 6배판 / 320쪽 / 15,000원

아름다운 세상을 만드는
사랑의 메시지 365

2002년 12월 26일 제1판 1쇄 인쇄
2003년 1월 6일 제1판 1쇄 발행

엮은이 / DuMont monte Verlag
옮긴이/정성호
펴낸이/강선희
펴낸곳/가림출판사

등록/1992. 10. 6. 제4-191호
주소/서울시 광진구 구의동 57-71 부원빌딩 4층
대표전화/458-6451   팩스/458-6450
홈페이지 http://www.galim.co.kr
e-mail galim@galim.co.kr

값 8,000원

ⓒ DuMont monte Verlag, 2002

ISBN 89-7895-125-2 03820